www.tredition.de

AF287269

für Emma

Horst Spittler

Opa, bist du blöd?!

Geschichten vom Großvater
und seiner Enkelin

www.tredition.de

© 2013 Horst Spittler
Umschlag: Moritz Spittler
Verlag: tredition GmbH, Hamburg
ISBN: 978-3-8495-5053-0
Printed in Germany

Das Werk, einschließlich seiner Teile, ist urheber-
rechtlich geschützt. Jede Verwertung ist ohne Zu-
stimmung des Verlages und des Autors unzuläs-
sig. Dies gilt insbesondere für die elektronische
oder sonstige Vervielfältigung, Übersetzung, Ver-
breitung und öffentliche Zugänglichmachung.

Inhaltsverzeichnis

Der rote Elefant

Ein Stofftier zur Geburt unseres ersten Enkelkindes, was denn sonst!

Die Auswahl war riesig, zum Verzweifeln groß.

„Suchen Sie etwas Bestimmtes?", fragte ein von uns aufgescheuchter Verkäufer.

„Nee, wir sind da ganz offen."

„Wie alt ist denn das Kleine?"

„Das lässt sich so genau nicht sagen."

„Bitte?"

„Also, so etwa minus drei Monate."

„Bitte?"

„Na ja, es wird etwa in drei Monaten geboren."

„Verstehe, wird es ein Junge oder ein Mädchen?"

„Wahrscheinlich – eins von beiden."

„Vielleicht sollten Sie doch besser die Geburt abwarten."

„Wenn Sie meinen. Und vielen Dank für die einfühlsame Beratung."

Zu der Verzweiflung über die verwirrende Auswahl gesellte sich der Verdruss über den unflexiblen Verkäufer. War es denn so ungewöhnlich, für sein ungeborenes Enkelkind ein Stofftier kaufen zu wollen? An seiner Existenz bestand doch kein Zweifel, diverse Ultraschallbilder klebten bereits in unserem Album. Mit der Anschaffung von Babysachen, Kinderwagen und -bett wartet man doch auch nicht bis nach der Geburt. Da konnten wir doch wohl – die Niederkunft in greifbarer Nähe – ein Stofftier kaufen.

Als wir das Schaufenster eines Schuhgeschäfts passierten, fiel unser Blick auf einen stattlichen roten Elefanten und mit einem Schlag die deprimierende Unentschlossenheit von uns ab, die uns angesichts der unbeschreiblich großen Auswahl in den Kaufhäusern und Spielwarenläden befallen hatte. Meine Frau und ich waren uns sofort einig: der oder keiner. Nur der, der dort im Schaufenster von DEICHMANN, umringt von Kinderschuhen, auf einem Sockel thronte.

„Der ist nicht für den Verkauf, das ist bestimmt nur ein Ausstellungsstück", gab meine Frau zu bedenken.

„Aber versuchen können wir es doch mal", hielt ich dagegen.

Eine freundliche Verkäuferin eilte auf uns zu und fragte mit angenehmer Stimme nach unserem Begehr.

„Einen Elefanten, bitte."

Ich erwartete einen verdutzten Blick, ein verbindliches Lächeln über den gelungenen Witz, allenfalls einen leicht verstimmten Gesichtsausdruck über meinen Veräppelungsversuch.

„Gern", lautete wie selbstverständlich die Antwort.

Jetzt war ich es, der ein blödes Gesicht machte, wie meine Frau mir liebevoll versicherte. Die Verkäuferin verschwand und kehrte kurz darauf tatsächlich mit einem roten Elefanten zurück – allerdings im Vergleich zu dem Exemplar im Schaufenster mit einer mickrigen Frühgeburt.

„Wir hätten schon gerne so einen ausgewachsenen", sagte ich und zeigte, ohne mich umzusehen und die Verkäuferin aus meinem Blick zu entlassen, mit dem Daumen rückwärts in Richtung Schaufenster.

„Ach so, nee, der im Schaufenster, das ist nur ein Ausstellungsstück, der ist unverkäuflich."

Ich dachte nicht daran, so schnell aufzugeben, und hakte nach:

„Aber Sie kriegen ihn doch auch irgendwo her."

„Sicher. Von unserer Dekorationsabteilung."

„Die haben doch bestimmt eine Menge davon. Ob die uns wohl einen verkaufen?"

„Glaub' ich zwar nicht, aber wenn Sie wollen, können Sie es ja mal in unserer Zentrale versuchen. Ich geb' Ihnen die Nummer. – Das ist in Essen."

Waren wir unserem Elefanten ein Stückchen näher gekommen, oder war er in unerreichbare Ferne entschwunden? Essen war so weit nicht weg von uns, aber was bedeuten schon Entfernungen für die Telekommunikation?

Am anderen Ende der Leitung traf wieder eine angenehme DEICHMANN-Stimme mein Ohr. Die Verbindung war in jeder Hinsicht gut, die Vermittlung an die angeblich zuständige Abteilung im Haus zügig, ohne Endlosschleifen mit infernalisch

lauter Musik, das Gespräch kurz und – erfolglos.
In schönstem Ruhrpottdeutsch erfuhr ich:

„Nee, da sins'se hier aba ganz falsch. Unsere Dekoabteilung is doch in Obahausen."

Natürlich, in Oberhausen, wo denn sonst! Sollte ich bei Gelegenheit mal der Verkäuferin unserer DEICHMANN Filiale stecken, nicht vorwurfsvoll, rein informativ, als betriebliche Weiterbildung sozusagen. Ich bekam die Oberhausener Nummer, inklusive Vorwahl. Waren wir jetzt unserem Elefanten ein Stück näher gerückt, oder war er noch weiter weg? Räumlich hatte sich die Entfernung etwa verdoppelt, aber was bedeuten schon Entfernungen für die Telekommunikation?

Wie ich der Stimme am Telefon sofort entnahm, beschäftigte DEICHMANN auch männliches Personal, nicht weniger freundlich als das weibliche, wenn auch verbal nicht so, sagen wir mal, geschmeidig.

„Sie haben da wunderschöne rote Elefanten als Dekoration."

„Ja-a."

„Könnten wir vielleicht einen für unser Enkelkind bekommen?"

Grausam langes Schweigen am anderen Ende der Leitung. Waren wir kurz vor dem Ziel, oder wuchs unser Enkelkind ohne einen roten Elefanten unfehlbar einer freudlosen Kindheit entgegen?

„Ja-a."

Welch eine Wirkung ein einsilbiges, zweisilbig gesprochenes Wort haben konnte! Ich versuchte, meiner Stimme die freudige Erregung nicht anmerken zu lassen. Als wenn ich keine andere Antwort erwartet hätte, fragte ich etwas bräsig:

„Und was kostet das gute Stück?"

Doppelt so langes Schweigen. Verständlich, eine Einwortantwort schien ja diesmal nicht möglich. Also hinreichend Zeit, mir die Preise der Steifftiere – welch passende Produktbezeichnung! – von vergleichbarer Größe in den diversen Geschäften ins Gedächtnis zu rufen. Nicht, dass wir für das erste Stofftier für unser erstes Enkelkind nicht klaglos jede Summe bis zur Pfändungsgrenze akzeptiert hätten, aber zumindest ein virtueller Preisvergleich musste doch erlaubt sein. Ein Räuspern in der Leitung beendete meine Preisschätzungen, und die nach nur kurzer Pause folgende Antwort machte sie zu Makulatur:

„Nichts."

Ich hatte überhaupt nichts dagegen, dass der Mann es tatsächlich geschafft hatte, bei seiner Einwort-Strategie zu bleiben, musste aber nun meinerseits ein längeres Schweigen entstehen lassen. Wie sollte man auch Sprachlosigkeit in Worte fassen? Es reichte nur zu einem Stammeln:

„Na, das … das find' ich aber …"

Ungeduldig schnitt der einsilbige Wohltäter unserer zukünftigen Enkelin mein Gestotter ab:

„Ihre Anschrift bitte."

Drei Worte, flüssig hintereinander gesetzt, enthoben mich weiterer Dankesfloskeln. Ich beeilte mich, ihm unsere Adresse durchzugeben, und auf meine nachgeschobene rhetorische Frage „Sie haben doch bestimmt eine Kaffeekasse" antwortete nur noch das Leerzeichen.

Zwei Tage später brachte die Post portofrei ein für die Ausmaße 50x50x50 erstaunlich leichtes Paket. Selbst der Postbote wunderte sich:

„Haben Sie sich neue Federn für Ihre Betten bestellt, oder was ist da drin?"

„Ein Elefant."

Der Mann schien irgendwie beleidigt. Nicht jeder verträgt die Wahrheit. Trotzdem hätte damit die Geschichte eigentlich ein glückliches Ende gefunden. Wenn meiner Frau nicht sofort der ihrer Meinung nach völlig entstellte Gesichtsausdruck des postfrischen roten Elefanten aufgefallen wäre.

„Die Augen stehen irgendwie falsch."

„Seh' ich nicht."

„Dann müssen wir es eben an Ort und Stelle vergleichen."

„Wie stellst du dir das vor?"

Schwupps ließ meine Frau das eben erst aus dem Karton befreite Tier in einer Reisetasche verschwinden und mich ohne Antwort. Eine Fortsetzung fand unser Gespräch über die physiognomische Qualität von Stoffelefanten erst vor dem Schaufenster besagten Schuhhauses.

„Also, ich sehe da noch immer keinen großen Unterschied."

„Wenn du ihn mal aus der Tasche holen würdest, vielleicht doch."

Verstohlen hob ich den roten Elefanten ein wenig aus der Tasche. Der Gedanke, dass uns jemand beobachten könnte, war mir irgendwie peinlich. Und prompt tauchte, wie hergezaubert, ein gut gekleideter Herr mit breitem Grinsen neben uns auf.

„Wo haben Sie den denn her? Kaufen kann man die meines Wissens nicht."

Während ich wie ein ertappter Dieb das unserem Enkelkind zugedachte Stofftier mit seinem von meiner Frau als nicht zufrieden stellend befundenen Gesichtsausdruck wieder in der Tasche verschwinden ließ, setzte meine Frau treffsicher die Replik: „Hätten Sie wohl auch gerne, was?", drängte mich Richtung Eingang Schuhgeschäft und ließ den Herrn einfach stehen. Drinnen staunte die immer noch nette Verkäuferin, als meine Frau den Elefanten aus der Tasche zog:

„Haben Sie ihn wirklich bekommen?"

„Aber nicht aus Essen, sondern aus Oberhausen; dort befindet sich nämlich Ihre zentrale Dekorationsabteilung", musste ich der Verkäuferin natürlich gleich meinen Informationsvorsprung unter die Nase reiben, sehr zum Missfallen meiner Frau. Der Blick, den sie auf mich abfeuerte und dem unweigerlich später zu Hause eine ausführliche verbale Kommentierung folgen würde, ließ keinen Zweifel aufkommen, dass sie meine Oberlehrerhaftigkeit für einen schweren taktischen Fehler hielt, der ihr Vorhaben gefährdete. Mit einem verbindlichen Lächeln und schmeichelnden Worten versuchte sie, meiner taktlosen Bemerkung die möglicherweise schädliche Wirkung auf die Verkäuferin zu nehmen:

„Ja, denken Sie nur, wir haben ihn bekommen, dank Ihrer Hilfe. Aber ehrlich gesagt, der im Schaufenster gefällt uns besser. Macht es Ihnen wohl was aus, die beiden auszutauschen?"

„Also, ich weiß nicht..."

Die Verkäuferin zögerte, sei es aus Kompetenzunsicherheit oder als Reaktion auf meine Besserwisserei. In dem Augenblick schaute ein gut gekleideter Herr, der dem vor dem Schaufenster vorhin verdammt ähnlich sah, mit breitem Grinsen um die Ecke eines Schuhregals zu uns herüber und sagte zu der Verkäuferin:

„Machen Sie ruhig."

„Wer ist das denn?", fragen wir beide wie aus einem Mund.

„Unser Filialleiter."

Der große rote Elefant mit perfekter Physiognomie harrt nun im oberen Fach unseres Schlafzimmerschranks mit dickhäutiger Gelassenheit der Geburt unseres ersten Enkelkinds entgegen.

Der Sandkasten

Zu ihrem ersten Geburtstag am 2. Juli sollte unsere Enkelin von ihren Großeltern einen Sandkasten bekommen. Das hatten wir beschlossen, noch bevor wir von unserer Schwiegertochter einen entsprechenden Wink mit dem Zaunpfahl erhielten. Längst hatte ich einen Platz auf der Terrasse als Standort für den Sandkasten ausgeguckt, dicht an der Hauswand, geschützt unter dem Balkon.

Gewissenhaft, doch lange Zeit vergeblich sah Großmutter ab März Tag für Tag die Werbebeilagen von Baumärkten und Discountern in unserer Tageszeitung nach Angeboten für Sandkästen durch. Der Sommer musste wohl erst näher rücken, bevor Artikel dieser Art angepriesen würden. Eines Morgens endlich, als ich zum Frühstück herunter kam, schwenkte meine Frau triumphierend einen Stapel Werbebeilagen. Alle Baumärkte und Discounter der Region schienen für diesen Tag verabredet zu haben, Eltern und Angehörige von Kleinkindern mit einem unwiderstehlichen Angebot zum Kauf eines Sandkastens zu verleiten. Die preisgünstigste Offerte befriedigte in gleichem Maße unsere ästhetischen Ansprüche, wie sie unser Portmonee schonte. Die rund 30 Kilometer lange Anfahrt nicht in die Kalkulation einzubeziehen, entsprach meiner Abneigung (also gut: Unfähigkeit) solchermaßen komplizierte mathematische Berechnungen in unsere Kaufentscheidungen einfließen zu lassen. Unser prinzipielles Bekenntnis zu einer ökologisch verantwortlichen Lebensweise ist nicht auf jeden Einzelfall anwendbar. Zudem beruhigten wir unser ökologisches Gewissen damit, dass die Einkaufsfahrt sich erfahrungsgemäß nicht auf einen Sandkasten beschränken, sondern zu einer einkaufstechnischen Vielseitigkeitsprüfung entwickeln würde.

Und so kam es denn auch. In unserem Einkaufswagen tummelten sich am Ende Produkte der systematisch geplünderten Lebensmittelabteilung (nur ein allzu nahes Verfallsdatum zeigte abschreckende Wirkung), Kindergarderobe, die angesichts der herabgesetzten Preise nicht zu kaufen sträflich gewesen wäre und die unser Enkelkind bis schätzungsweise kurz vor der Einschulung hinlänglich mit Kleidungsstücken aller Art versorgt erscheinen ließ, und schließlich originell zusammengestellte Sets mit diversem Handwerkszeug, da ich – anders als meine anspruchslose Frau – nicht leer ausgehen wollte und nicht ahnte, dass ich, wie sich später herausstellte, diesen professionellen Geräten handwerklich nicht gewachsen war.

Was in unserem Einkaufswagen fehlte, war – ein Sandkasten. Nicht etwa, weil er nicht mehr hineingepasst hätte, ausverkauft gewesen wäre oder unser primäres Einkaufsobjekt einer plötzlichen Alzheimer-Attacke zum Opfer gefallen wäre. Nein, der Sandkasten wies bei allen finanziellen und optischen Vorzügen einen in unseren Augen Kauf verhindernden Mangel auf: Er hatte keinen

Boden! Das hielt ich (man verzeihe mir den Kalauer) für eine bodenlose Unverschämtheit. Einen scheinbar günstigen Preis durch Einsparen des Bodens vorzutäuschen – nicht mit uns! Ich stellte mir den bodenlosen Sandkasten auf unserer hügeligen Terrasse (Eigenleistung!) vor, sah den Sand an allen Seiten herausrieseln und den einst grünen Rasen von ausgeschwemmtem Sand gelblich überzogen. Alle paar Tage wäre eine neue Füllung notwendig. Unmöglich! Verärgert ließen wir den verdutzten Verkäufer stehen, hörten nicht auf seine hilflosen Erklärungsversuche, es sei eigentlich nicht seine Abteilung, er vertrete nur den erkrankten Kollegen. Alles billige Ausreden.

Im Auto nahm meine Frau die restlichen Werbebeilagen zur Hand und zeigte auf die Abbildung eines Sandkastens, den ein Baumarkt in unserer Stadt offerierte. Zufällig war es das zweitbilligste und zweitschönste Angebot.

„Hätt' ich mir eigentlich denken können", wusste ich jetzt. „Für solche Sachen sind Baumärkte einfach kompetenter, vertrauenswürdiger, solider als diese Discounter."

Dreißig Kilometer später betraten wir den Baumarkt unserer Heimatstadt. Wie richtig ich mit meiner Kompetenzeinschätzung lag, bestätigte eindrucksvoll der Fachverkäufer, der uns beriet. Er pries die Vorzüge des von ihnen vertriebenen Produkts, die zusammen ohne Frage den Preis rechtfertigten. Seine Antwort auf meine Frage nach dem

Sandkastenboden versetzte jedoch unserer bereits weit gediehenen Kaufbereitschaft einen jähen Todesstoß:

„Boden? Sandkästen haben keine Böden."

„Keiner?"

„Keiner."

Mit Mühe bewahrten wir Haltung, bedankten uns für die gute Beratung, versicherten, nach Rücksprache mit den Eltern unserer Enkelin den Kauf ernsthaft in Erwägung zu ziehen, und verließen deprimiert und völlig verunsichert den Baumarkt. Während ich auf der Heimfahrt bereits meinen Kopf mit der Suche nach einem Alternativgeschenk strapazierte, das in etwa dem Vergleich mit einem Sandkasten standhalten könnte, kam meiner Frau, die in der Lösung praktischer Probleme unschlagbar ist, die rettende Idee:

„Und wenn du selbst einen Boden unter den Sandkasten nagelst? Aus Sperrholz?"

„Genial. Hätte dir das nicht etwas früher einfallen können?"

Warum das Lob gleich wieder durch einen Vorwurf desavouieren? Warum nicht einfach zugeben, dass die Lösung ebenso perfekt wie nahe liegend war, einem selbst trotzdem nie im Leben eingefallen wäre?

„Also zurück zum Baumarkt."

„Nein, zum Discounter."

„Noch einmal dreißig Kilometer hin und zurück?"

„Der Sandkasten dort ist doch viel schöner und deutlich billiger. Denk doch *einmal* praktisch."

Die Genugtuung darüber, dass praktisches Denken nicht notwendig mit logischem einhergehen muss, erlaubte meinem plötzlich wiedererwachten ökologischen Gewissen, eine Bemerkung über die derzeitigen Benzinpreise und die Anrechnung des Spritverbrauchs auf den Kaufpreis großzügig zu unterlassen. Über die doppelte Fahrt, die die Kosten für den Sandkasten schätzungsweise ebenfalls verdoppelten, vereinbarten wir den Kindern gegenüber Stillschweigen. Dem Unzurechnungsfähigkeitsverdacht, dem Eltern seitens ihrer erwachsenen Kinder permanent ausgesetzt sind, musste nicht unnötig Nahrung gegeben werden.

Wie vermieden es, dem unzuständigen Verkäufer des Discounters in die Arme zu laufen, ich schnappte mir ein Paket mit den handlich verpackten Einzelteilen des Sandkastens und sah deren Zusammenbau mit Spannung und zaghafter Zuversicht entgegen.

„Und jetzt nichts wie nach Hause", sagte meine Frau gut gelaunt und ließ sich entspannt auf den Beifahrersitz plumpsen. Sie genoss sichtlich den Triumph ihres praktischen Denkens über meine Unfähigkeit zur Lösung nicht akademischer Probleme.

„Nee, nee, jetzt geht's zurück zum Baumarkt, eine Sperrholzplatte zuschneiden lassen."

„Weißt du denn die Maße?"

„Stehen doch auf der Verpackung: ein mal ein Meter."

Das war der praktischen Oma wohl entgangen.

Der Zusammenbau des Sandkastens erwies sich als Kinderspiel, und auch das Aufnageln des Bodens ging ohne blauen Daumen ab. Die eigentliche Herausforderung stand mir allerdings noch bevor: die Berechnung der benötigten Sandmenge. Mit Maßeinheiten, insbesondere mit Gewichts- und Hohlmaßen, stand ich zeitlebens auf Kriegsfuß, ein offenkundiges Defizit meiner frühen schulischen Ausbildung. Mit Hilfe des Taschenrechners sollte sich aber auch diese Hürde nehmen lassen.

Einen Tag, nachdem ich die Bestellung aufgegeben hatte, fragte der Fahrer der Baustofffirma durch die Sprechanlage neben unserer Haustür, wo der Sand hin solle.

„In den Sandkasten natürlich."

„Ich sehe hier keinen Sandkasten."

Das lag nicht an der Sehschwäche des Fahrers. Er hatte durchaus Recht und ich einmal mehr ein praktisches Problem nicht hinreichend vorausbedacht: Wir wohnen Hanglage. Oben der Eingang, unten der Wohnbereich, davor die Terrasse mit dem leeren Sandkasten, dazwischen dreißig Stufen Gartentreppe. Als ich dem Fahrer mein Problem erklärt hatte, meinte er ungerührt in dem gleichen drögen Ton wie zuvor:

„Dann kipp ich ihn in die Einfahrt, dann müssen Sie ihn eben eimerweise runter tragen."

Das war tatsächlich die nahe liegende Lösung, und die Schlepperei hielt sich ja wohl in erträglichen Grenzen.

„Kein Problem, die paar Eimer werd ich schon schaffen."

„Paar? Sie meinen wohl paar hundert."

Ich ließ den Hörer der Sprechanlage fallen, jagte in gewaltigen Sätzen die Treppe hoch und stürzte aus der Haustür, um das Abladen des Sandes zu verhindern. Zweifellos hatte der Fahrer die Fuhren verwechselt. Meinen diesbezüglichen Verdacht beantwortete er wortlos mit einem Griff in seine Fahrerkabine, präsentierte mir seelenruhig den Lieferschein, tippte der Reihe nach auf Namen, Lieferanschrift, Liefermenge und wies auf seine Ladung:

„Das sind eins Komma zwei Kubikmeter, genau wie Sie bestellt haben."

Sicher, hatte ich, hatte mein Taschenrechner doch so angezeigt, das blöde Ding. Bei Hohlmaßen versagte, wie schon erwähnt, meine Vorstellungskraft. Da war wohl nichts mehr zu machen.

„Also, dann kippen Sie."

Im Handumdrehen türmte sich ein riesiger Sandberg vor unserer Garage. Unser darin gefangenes Auto würde für einige Zeit Urlaub und uns zu Fußgängern machen. Die Tränen, die mir bei diesem Gedanken in die Augen traten, waren garantiert nicht Freudentränen meines ökologischen Gewissens.

„Wie viele Sandkästen haben Sie eigentlich?"

Machte sich der Kerl etwa lustig über mich?

„Für jedes Enkelkind einen."

Die Vorstellung einer so riesigen Schar Enkelkinder löste bei dem Fahrer sprachlose Bewunderung aus, die mir zum Glück die Nachfrage nach deren genauen Anzahl ersparte.

Als ich nach etlichen Stunden und mehreren hundert Treppenstufen mit einem Eimer Sand an jedem Arm den blöden Kasten endlich gefüllt hatte, war der Sandberg in unserer Einfahrt nur unmerklich geschrumpft. Erschöpft ließ ich mich auf dem Randbrett des gefüllten Sandkastens nieder und löste ein gottlob zeugenloses Missgeschick aus, das sich als Slapstick in jeder Filmkomödie gut gemacht hätte. Die Bretter des Sandkastens waren gemäß Bauanleitung nur ineinander gesteckt. Die einseitige Belastung durch das meiner Größe angemessene Körpergewicht auf die eine Ecke hob, physikalisch korrekt, an der diagonal entgegen gesetzten Ecke die Bretter aus den Fugen. Dass ich mit angedeutetem Rittberger auf dem Hosenboden landete, war angesichts der Fallhöhe, die sich im Vergleich zu der griechischer Tragödienhelden eher bescheiden ausnahm, nicht weiter schlimm, ärgerlicher dagegen, dass der Sand augenblicklich die unverhoffte Fluchtmöglichkeit wahrnahm und sich auf unserer Terrasse breit und einen nicht geringen Teil meiner mühseligen Füllarbeit zunichte machte.

Da ich irgendwann einmal in einem Garten-Center zufällig aufgeschnappt hatte, dass gelegentliches Bestreuen mit Silbersand gut für den Rasen sei, sah man mich nun häufiger nach Einbruch der Dunkelheit mit gefüllten Sandeimern in der Nachbarschaft herumstreichen, um den Rasenflächen in den Vorgärten unserer lieben Nachbarn Gutes widerfahren zu lassen und unsere Garageneinfahrt endlich wieder ihrer eigentlichen Bestimmung zuzuführen.

Wenige Tage vor dem Geburtstag unserer Enkelin kam meine Frau strahlend vom Einkauf zurück und verkündete nicht ohne eine völlig überflüssige Anspielung auf meine überdimensionierte Sandbestellung:

„Nach den unnötigen Mehrkosten hab ich wenigstens bei den Spielsachen für den Sandkasten ein Schnäppchen gemacht."

Sie kramte ein Plastiknetz aus einer der Einkaufstaschen hervor und hielt es mir unter die Nase. Ich gewahrte in dem Netz ein Eimerchen, Schäufelchen, Förmchen, Gießkännchen, alles in unterschiedlichen, aber gleichermaßen scheußlichen Pastellfarben.

„Vier fünfundneunzig bei ALDI."

„Donnerwetter, wirklich ein Fitsch."

Als Emma an ihrem Geburtstag bei uns und in den Sandkasten Einzug hielt – das Wetter meinte es gut mit ihr und mit uns –, hatte ihre Mutter zufällig ein Plastiknetz dabei mit Eimerchen, Schäufelchen, Förmchen, Gießkännchen, die unseren verdächtig ähnlich sahen. Augenscheinlich hatten auch Emmas Eltern den Weg zu ALDI gefunden und nicht den geringsten Zweifel gehegt, dass ihr Wink für Emmas Geburtstagsgeschenk deutlich genug gewesen war. Offensichtlich nicht erwartet hatten sie dagegen, dass unsere Großzügigkeit (oder meinten sie vielleicht unsere begrenzte Vorstellungskraft?) auch noch für die notwendigen Spielgeräte gereicht hatte. Unser Sohn, darin ganz Kind seiner Mutter, erfasste sofort den praktischen Vorteil dieser doppelten Ausstattung:

„Ist doch prima, da kann Opa mitschaufeln, Kuchen backen und begießen. Und es gibt keinen Streit."

Wirklich prima! Genau so hatte ich mir den ersten Geburtstag unserer Enkeltochter vorgestellt. Während die anderen sich über die Geburtstagstorte hermachten, saß ich mit Emma im Sandkasten, formte Sandkuchen in Rekordgeschwindigkeit und konnte trotzdem mit ihrer Zerstörungslust nicht Schritt halten.

Am Tage darauf setzte eine längere Regenperiode ein, und der Sandkasten blieb für Wochen geschlossen. Danach schien er für unsere Enkeltochter jeglichen Reiz verloren zu haben. Sie überließ ihn Kellerasseln, Spinnen, Schnecken und anderem Getier – zumindest bis auf weiteres.

Die Hochzeit

Unsere Enkeltochter stand in ihrem vierten Lebensjahr, als sich ihre Eltern für alle so plötzlich und unerwartet, wie sonst nur der Tod in entsprechenden Anzeigen einzutreten pflegt, zu heira entschlossen. Ob sie den Entschluss spontan beim Ausfüllen ihrer Steuererklärung gefasst haben oder was sonst sie so urplötzlich zu diesem Schritt bewogen haben mag, ist nicht bekannt.

Nach dem Motto je später desto doller wurde das Ereignis in einem Rahmen geplant, der einer mittleren Fürstenhochzeit nicht unwürdig gewesen wäre. An die hundert Gäste wurden zur Feier am Abend geladen, etwas weniger zu der Trauungszeremonie am Vormittag, die auf einem alten Schloss in einer benachbarten Stadt vollzogen werden sollte. Für die abendliche Feier war ein Landhaus mit großem Festsaal im hügeligen Hinterland unserer gemeinsamen Heimatstadt komplett angemietet worden, zuzüglich weiterer Zimmer in umliegenden Gasthäusern. Meine Frau, jeglicher Üppigkeit abhold, wunderte sich über solchen Aufwand. Ich hingegen hegte einen bestimmten Verdacht hinsichtlich seiner finanziellen Ermöglichung. Vor einiger Zeit hatte ich 5000 Euro aus Gründen der Steuerersparnis auf den Namen unseres Sohnes in einen Aktienfond angelegt. Nach dem Bankencrash drängte ich ihn, die vermutlich mehr oder weniger wertlosen Wertpapiere zu verkaufen, um zu retten, was noch zu retten war. Den schäbigen Rest sollte er behalten dürfen.

Dieser belief sich, wie er mir kürzlich beiläufig mitteilte, auf 6725 Euro. Auch so kann man sich verspekulieren. Einen Zusammenhang zwischen dem Ausmaß ihrer Planungen und ihrem zeitgleichen unverhofften finanziellen Zugewinn bildete ich mir aber wahrscheinlich nur ein.

Erstaunlich spät stießen die planungswütigen Eltern auf die Frage, was sie mit ihrer dreijährigen Tochter machen sollten, wenn diese, womit ja immerhin zu rechnen war, nicht bis zum Ende der abendlichen Feier durchhielt. Zwar hätten sie in die für sie reservierte Hochzeitssuite ein Kinderbettchen stellen lassen können, wenngleich solch ein Möbel nicht zum üblichen Inventar einer Hochzeitssuite gehört. Aber sie wollten ihre kleine Emma auf keinen Fall oben in dem fremden Zimmer allein lassen, während sie unten munter weiterfeierten. Da fiel unserem Sohn auf, dass seine Eltern 1. doch schon recht alt seien und eigentlich zu derselben Zeit ins Bett gehörten wie ihre Tochter und 2. zufällig ganz in der Nähe des Landhauses wohnten, in dem gefeiert werden sollte. Natürlich sahen wir sofort ein, dass dies zum Wohle aller Betroffenen die nahe liegende Lösung des Problems war. Nach dem Ausfall der Tagesmutter und angesichts der zeitaufwändigen Hochzeitsvorbereitungen war unsere Enkelin in letzter Zeit so häufig in unserer Obhut, dass sich ihr Reisebettchen ohnehin noch bei uns befand und ich darauf verzichtet hatte, die Herausforderung täglich aufs

Neue zu bestehen, ein Reisebettchen mit einem Volumen von nahezu einem Kubikmeter in ein vom Hersteller gedachtes handliches Päckchen von 60 mal 20 mal 20 Zentimetern zu verwandeln. Also hatte ich das Ding einfach aufgebaut stehen gelassen.

Der große Tag, ein Septembermorgen, zog so herauf, wie Eduard Mörike es in dem gleichnamigen Gedicht beschrieben hat. Pünktlich um elf Uhr kapitulierte der Herbstnebel vor einer mächtig aufscheinenden Sonne. Die Hochzeitsgesellschaft bestieg gut gelaunt die zwei Dutzend angemieteten Pferdekutschen mit fantastisch kostümierten Kutschern und war erleichtert, selbst keine barocken Perücken verpasst zu bekommen. Die Reihe der Zweispänner setzte sich in Bewegung, die weiße, Gold verzierte Hochzeitskutsche in ihre Mitte nehmend. Nach gut einer halben Stunde Fahrt passierte der Triumphzug das Schlosstor und schwenkte in den Schlosshof ein.

Die Traurede des Standesbeamten war so trocken wie der Sekt, der nach dem gegenseitigen Ja-Wort gereicht wurde, bei dem sich die Mütter von Braut und Bräutigam pflichtschuldig geschnäuzt und eine Träne aus dem Augenwinkel gewischt hatten. Alles stimmte: Das Wetter war kolossal, der Sekt kalt, die Kanapees köstlich.

Nach der Rückkehr in unsere Stadt blieben die Gäste bis zum Beginn der Feier am Abend sich selbst überlassen. Meine Frau und ich nutzten die

Stunden altersgemäß. Wir gaben uns einem ausgedehnten Mittagsschlaf hin und präparierten uns so physisch und psychisch für den Abend. Ich drängte auf einen zeitigen Aufbruch, um einen der nicht allzu zahlreichen Parkplätze vor dem Landhaus zu ergattern. (Für die individuelle abendliche Anfahrt setzte man auf mehr PS als am Vormittag.) In der Nacht unsere kleine, aber schon gewichtige Enkelin meilenweit zu unserem Auto zu tragen, dazu verspürte ich wenig Neigung. Obwohl meine Frau die Garderobenfrage nach mehrwöchigem Meinungsaustausch mit Freundinnen entschieden hatte, verzögerte sich ihre ohnehin meine Geduld strapazierende Toilette nicht unerheblich durch eine überwunden geglaubte, nun aber unverhofft wiederkehrende Unsicherheit hinsichtlich der Kleiderwahl. Mit der wiederholten, gleichermaßen an sich selbst wie an mich gerichteten Frage „Oder vielleicht doch lieber das?" wurden alle wochenlang erwogenen Möglichkeiten im Kurzdurchlauf einer erneuten Prüfung unterzogen. Einzig der zwischenzeitlich einmal favorisierte Gedanke einer Neuanschaffung verbot sich aus Zeitgründen. Natürlich blieb es am Ende bei der ursprünglichen, nach langem, hartem Ringen getroffenen Entscheidung. Aber kostbare Zeit und damit wahrscheinlich eine günstige Parkmöglichkeit waren vertan. Umso erstaunter war ich, als bei unserer Ankunft vor dem Landhaus eine Lücke in der tatsächlich schon beachtlichen Reihe parkender Wagen für die

Eltern des Bräutigams ausgespart zu sein schien. Unser guter Junge hatte wirklich an alles gedacht! Als sich später herausstellte, dass dieser dauerhaft für die Wirtsfamilie reservierte und durch ein entsprechendes Schild kenntlich gemachte Platz nun von einem Mitglied derselben dringend benötigt wurde, musste ich mir in der näheren oder vermutlich eher weiteren Umgebung eine neue Parkmöglichkeit suchen. Um die Chance zu wahren, den Rückmarsch noch vor dem Ende der Feier zu bewältigen, stellte ich den Wagen verbotswidrig auf einem Waldweg in der Hoffnung ab, dass nachts der Forstverkehr ruhte.

Nach dem unfreiwilligen Abendspaziergang, den ich später Kind bepackt noch einmal vor mir hatte, steuerte ich – Wandern macht hungrig – ohne Umwege das Büfett an. Das musste einen nicht unerheblichen Teil jenes schäbigen Restbetrags verschlungen haben. Jetzt holte ich mir Teller für Teller einen nicht unerheblichen Teil davon zurück.

Nach dem Essen wurden Toasts ausgebracht, kurze oder auch längere – von mir – Reden gehalten, wurde getanzt und das ein oder andere neckische Spielchen mit dem Brautpaar veranstaltet. Auf all das soll hier aus unterschiedlichen Rücksichtnahmen nicht näher eingegangen werden.

Aber was eigentlich machte Emma während dieser ganzen Zeit? Sie war zusammen mit dem Brautpaar der unbestrittene Mittelpunkt des Festes. Sie genoss sichtlich die ihr von allen Seiten entgegengebrachte Aufmerksamkeit, lief von Tisch zu Tisch, rutschte von Schoß zu Schoß. Und als die selbstredend hochkarätig besetzte Kapelle zum Tanz aufspielte, war Emma die erste, die sich mehr oder weniger im Rhythmus der Musik bewegte. Selbst mit fortschreitendem Abend zeigte sie keinerlei Ermüdungserscheinungen. Auf unsere in Abständen wiederholte Frage, ob sie denn noch nicht müde sei, antwortete sie stets nur: „Emma wach!" Immer häufiger guckten meine Frau und ich nun verstohlen auf die Uhr und uns mit ratlosen Blicken und hilflosem Achselzucken an. Nach den altmodischen Vorstellungen unserer Generation von Kindeserziehung gehörte eine Dreijährige nicht länger auf eine Hochzeitsfeier, auch wenn es die der eigenen Eltern war, sondern ins Bett. Dass damit auch für uns die Feier zu Ende wäre, nahmen wir zum Wohl des Kindes in Kauf.

Mit ihrem unbestechlichen und durch weniger Alkohol weniger getrübten Blick als dem meinen entging es meiner Frau schließlich nicht, dass Emmas Verhalten immer mehr unnatürliche Formen annahm. Sie ließ sie nun nicht mehr aus den Augen und beobachtete, wie sie sich an einem Tisch zu schaffen machte, auf dem Gäste ihre leeren Gläser abgestellt hatten. Es war wohl Emmas angeborener, wenngleich nicht von den Eltern ererbter Ordnungssinn, der sie zu überprüfen zwang, ob die Gläser wirklich gänzlich leer getrunken waren, und falls nicht, das Versäumte nachzuholen. So nüsselte sie sich durch die erste Reihe Gläser, an die sie bequem heranreichte. Wenn das, wie man annehmen musste, nicht ihr erster Kontrollgang war, erklärte dies hinlänglich ihr merkwürdiges Verhalten: Unsere arme kleine Emma war offensichtlich sturzbetrunken! Da hielt es uns nicht länger auf unseren Stühlen; wir schnappten uns unser Enkelkind, das uns torkelnd, Unverständliches lallend und mit leicht glasigem Blick förmlich in die Arme fiel. Wir mussten sie möglichst schnell und unauffällig hinausschaffen, auch auf die Gefahr hin, später von den Eltern der Kindesentführung geziehen zu werden. Wir wollten ihnen diesen Anblick ersparen und an diesem Tag nicht die Vernachlässigung der elterlichen Aufsichtspflicht vorhalten, zumal uns ja dieser Vorwurf gleichermaßen traf.

Kaum hatten wir das Landhaus verlassen, als Emma in meinen Armen anfing, den ersten, Rekord verdächtig frühen Rausch ihres Lebens auszuschlafen, was den Transport einerseits erleichterte, andererseits erschwerte. Auf die Idee, dass sich besser meine mir fahrtechnisch ebenbürtige, an Promille aber unterlegene Frau ans Steuer gesetzt hätte, sind wir in der Aufregung nicht gekommen. Das war gewiss trotz der kurzen Strecke, die wir zurückzulegen hatten, leichtsinnig und fahrlässig und rächte sich prompt schon nach wenigen hundert Metern, als eine rot leuchtende Kelle uns zuwinkte. Nun weiß man, dass man nachts auf unbelebten und unbeleuchteten Straßen das Winken einer einem unbekannten Person tunlichst ignorieren sollte. Ist diese unbekannte Person jedoch erkennbar ein Polizist, kann einem das normalerweise angezeigte Verhalten als Widerstand gegen die Staatsgewalt ausgelegt werden. Ich hielt also, ließ das Fenster herunter und fragte, wie ich helfen könne.

„Allgemeine Verkehrskontrolle. Ihren Führerschein bitte und den Fahrzeugschein."

So klingt verbeamtete Nüchternheit. Wenn ich jetzt meinen Führerschein abgäbe, würde ich ihn so schnell nicht wiederbekommen. Aber was blieb mir übrig? Ich reichte ihm also die gewünschten Papiere. Während er sie mit routiniertem Blick im Schein seiner Taschenlampe prüfte, kam wie beiläufig die Frage, die kommen musste und die angesichts der Fahne, die meinem uniformierten Gegenüber entgegenflatterte, nur rhetorischer Natur sein konnte.

„Haben Sie Alkohol getrunken?"

„Gewiss, zwei kleine Bier zum Abendbrot."

„Wie, und danach haben Sie trocken oder mit Selters gefeiert?"

Der Bursche war verdammt gut informiert. Na klar, die waren auf ihrer Streifenfahrt hier vorbeigekommen, hatten die vielen parkenden Autos vor dem Lokal gesehen, sich vielleicht sogar bei einer Bedienung in der Gaststube nach dem Anlass der

Feierlichkeit erkundigt und sich dann hier auf die Lauer gelegt. Wie die Spinne brauchten sie nur noch geduldig auf ihre Opfer zu warten. Und ich war ihnen als erstes ins Netz gegangen. Dass ich das einzige bliebe, dafür wenigstens wollte ich später mit einem warnenden Telefonat sorgen.

„Haben Sie etwas dagegen, sich einer Alkoholkontrolle zu unterziehen? – Gernot, bring doch bitte mal ein Röhrchen."

Diesmal wartete er gar nicht erst meine Antwort auf die neuerlich rhetorische Frage ab. Musste er auch nicht. Denn würde ich mich weigern, schleppten die mich unweigerlich in ein Krankenhaus zur Blutentnahme. Von dem bislang gänzlich im Dunkeln gebliebenen Kollegen Gernot wurde auch jetzt nicht mehr sichtbar als eine Hand, die dem Wort führenden Kollegen jenes bei zahlreichen nächtlichen Autofahrern so gefürchtete Gerät reichte.

„So, jetzt pusten wir mal kräftig da hinein."

Nun auch noch diese unerträglich alberne Onkel-Doktor-Sprache!

„Wir beide? In dasselbe Röhrchen? Finden Sie das nicht unhygienisch?"

Keine Reaktion. Natürlich wusste ich, dass man nicht kräftig, sondern möglichst flach ausatmen musste, um das Unvermeidliche vielleicht doch noch zu vermeiden. Selbst mein zartes Hauchen ließ indes das Röhrchen jene Farbe annehmen, mit der man umgangssprachlich den Zustand zu be-

zeichnen pflegt, der dem Hauchenden amtlicherseits unterstellt wurde.

„Das kann doch gar nicht sein", tat ich über-
rascht, „von zwei Bier."

„Stimmt, von zwei Bier kann das nicht sein."

„Ihr Gerät muss defekt sein."

„Natürlich, das Gerät ist schuld. Unverantwort-
lich, in Ihrem Zustand nicht nur zu fahren, sondern auch noch ein Kleinkind zu befördern",
schnaubte der Polizist mit Blick auf Emma, die von
der amtlicherseits inzwischen lautstark geführten
Konversation aus ihrem narkotischen Schlaf gerissen worden war und sogleich jammerte:

„Opa, Emma Heiabett, aua Bauch."

Vielleicht zieht ja die Mitleidsnummer, für die
mir unsere Enkelin soeben eine Steilvorlage gebo-
ten hatte, schoss mir als vager Hoffnungsschimmer
durch den Kopf.

„Hören Sie, Sie sehen ja, unserem Enkelkind
geht es nicht gut. Wir müssen sie schleunigst ins
Bett bringen, vielleicht sogar einen Notarzt rufen."

Doch der Gesetzeshüter kannte kein Erbarmen;
der wollte die Sache hier zu dem für mich zweifellos bittren Ende bringen. Jetzt konnte mir nur noch
ein Wunder meinen Führerschein retten – oder
Emma, durchzuckte mich plötzlich ein abgefeimter
Gedanke.

„Ich glaube, ich kann Ihnen beweisen, dass Ihr
Gerät nicht in Ordnung ist. Lassen Sie mal unsere

Enkelin pusten. Wenn es sich bei ihr nicht verfärbt, gebe ich mich geschlagen."

Der Beamte schüttelte zunächst den Kopf über dieses abwegige Ansinnen, dann grinste er überlegen ob meines lächerlichen Rettungsversuchs, ließ sich aber tatsächlich vom Kollegen Gernot ein zweites Röhrchen bringen und reichte es meiner Frau. In klammheimlicher Vorfreude, für die nächste Zeit die alleinige Verfügungsgewalt über unser Auto zu haben, hatte diese das Geschehen ohne sich einzumischen verfolgt. Rechtzeitig jedoch gedachte sie des Gelöbnisses, das ihr ja heute morgen bei der Trauung noch einmal in Erinnerung gerufen worden war, dem Ehemann in guten wie in schlechten Zeiten beizustehen, und brachte Emma mit Geduld und anfeuernden Worten dazu, mit kindlicher Begeisterung in das Röhrchen zu pusten. Einmal angefangen, wollte die gar nicht mehr aufhören und das lustige Spielzeug nicht wieder hergeben, bei dem sich längst das von mir erhoffte Ergebnis eingestellt hatte. Völlig entgeistert starrte der Polizist auf das Röhrchen, das sich in einem satten Blau präsentierte. Emma hatte mich noch geschlagen.

Jetzt mischte sich der bislang unsichtbare und stumme Kollege Gernot ein.

„Siehst du, Günter, ich hab dir ja schon lange gesagt, die Dinger sind zu alt. Schmeiß sie schleunigst weg. Die taugen nichts mehr."

Er übernahm nun sogar die Rolle des immer noch sprachlosen Kollegen Günter und wandte sich mit folgenden Worten an mich, wobei er mir die Papiere zurückgab:

„Entschuldigen Sie bitte, Herr … Herr …", er hatte sich meinen Namen auf dem Führerschein nicht gemerkt oder gar nicht erst angesehen, „wir wünschen eine gute Weiterfahrt, und alles Gute für die Kleine."

„Kein Problem, Sie tun ja nur Ihre Pflicht", bemerkte ich jovial. Ich ließ das Fenster hoch, den Motor an, und wir drei fuhren einer mit Sicherheit entspannten Hochzeitsnacht entgegen.

Das Knusperhäuschen

Wie seinerzeit unsere beiden Söhne von ihrem Vater, so sollte auch unsere Enkeltochter von ihrem Großvater zu ihrem vierten Weihnachtsfest ein selbst gebasteltes Knusperhäuschen bekommen. Meine Frau fand die Idee entzückend, hegte jedoch insgeheim Zweifel, ob ich noch über meine früheren Bastelfähigkeiten verfügte. Deshalb schlug sie vor, das alte Knusperhäuschen der Kinder zu verwenden, und führte als Argument die angesichts des allgemeinen Werteverfalls notwendige Pflege von Familientraditionen ins Feld. So sei doch auch, argumentierte sie weiter, unser gesamter Weihnachtsbaumschmuck in die Familie unseres Sohnes übergegangen, nachdem sie für uns die Abschaffung eines Weihnachtsbaums beschlossen habe. „Lohnt sich doch für uns alleine nicht mehr", hatte sie gesagt und hinzugefügt: „Heiligabend sind wir eh bei den Kindern." Ich hatte gegen das Argument der Traditionspflege keine Einwände, fühlte mich auch keineswegs um das Bastelvergnügen geprellt, eher ein wenig erleichtert, war doch auch ich mir der Beherrschung der Laubsäge nicht mehr so sicher.

Eine ganz andere Frage allerdings war, ob das neue Objekt familiärer Traditionspflege, das altehrwürdige Knusperhäuschen, überhaupt noch existierte. Meine Frau war da ganz zuversichtlich. So etwas hätten wir doch bestimmt nicht weggeschmissen, meinte sie. Es sei unzweifelhaft in einer der Kisten auf dem Dachoden. Wenn ich Glück hätte, gleich in der ersten. Ansonsten könne ich ja die Gelegenheit nutzen, überflüssiges Gerümpel auszusortieren. Ich zog also die Bodenluke mit der Falltreppe herunter, schüttelte den herabrieselnden Staubregen ab und begab mich auf Traditionssuche. Nach den ersten zehn ergebnislos durchwühlten Umzugskartons keimte in mir der Verdacht, dass meine Frau genauso wenig wie ich von der Existenz des Knusperhäuschens überzeugt und ihr Traditionsgefasel nichts weiter als ein Vorwand war, mich dazu zu bringen, wozu mich sonst keine zehn Pferde gebracht hätten: den Speicher auszumisten und aufzuräumen. Nach der zwanzigsten Kiste verdichtete sich der Verdacht fast zur Gewissheit. Das Ergebnis von drei Tagen harter körperlicher Arbeit türmte sich in Gestalt einer Containerladung Gerümpel in unserer Garageneinfahrt. Das Knusperhäuschen jedoch blieb verschollen, und drei wertvolle Tage für Planung, Materialbeschaffung, Bau und Bekleben des Neubaus mit Süßigkeiten waren ungenutzt verstrichen.

Wir schrieben immerhin den 19. Dezember.

Mit einer nur noch vagen Erinnerung an das Vorgängermodell machte ich mich am nächsten Morgen unverzüglich an die architektonische Planung, ein Kinderspiel. Schwieriger war schon die Berechnung der Größe der benötigten Sperrholzplatte, wenn 1. möglichst wenig Abfall und 2. möglichst wenig Sägearbeit anfallen sollten. Die von mir errechnete Größe entsprach etwa der, die ich für die Bodenplatte wählen wollte. Mit Sperrholz und Laubsäge nebst Zubehör versorgt, verließ ich tatendurstig den Baumarkt. Ruckzuck waren die Teile, zwei Dachhälften, zwei Längs- und zwei Giebelwände – den Schornstein nicht vergessen – aufs Holz gezeichnet. Doch bereits die ersten Schritte mit der Laubsäge bestätigten meine Befürchtung hinsichtlich meiner Fähigkeit ihrer Handhabung. Die Linie, die die Säge ins Holz zog, ähnelte fatal der Fahrspur eines mehr als nur angetrunkenen Autofahrers. Das könnte man mit der Feile begradigen, versuchte ich mir einzureden. Als die Säge jedoch vollends auf Abwege geriet, schmiss ich das Ding in die Ecke und holte meinen alten, verrosteten Fuchsschwanz aus dem Keller. Der pflügte eine dermaßen breite Trasse durch das Holz, dass meine millimetergenauen Zeichnungen Makulatur waren. Aber wer, bitte schön, verlangt von einem Hexenhaus absolute Symmetrie, absolut rechte Winkel und absolut gerade Fenster? Für letztere musste ich übrigens wohl oder übel doch wieder auf die Laubsäge zurückgreifen.

Das fertig zusammengeleimte Häuschen bewertete meine Frau als, Zitat, „modernes Einfamilienhaus, Licht durchflutet, hell und freundlich". Was sie mir sagen wollte, war: So sieht doch kein Hexenhäuschen aus!" Ausnahmsweise hatte sie recht: Die Fenster waren viel zu groß, die Front viel zu breit, das Dach nicht steil genug. Plötzlich stand das Vorgängermodell vor meinem inneren Auge, mit einem Dach bis fast auf den Boden. Als meine Frau aus meinem zum Hobbyraum umfunktionierten Arbeitszimmer das Bersten von Sperrholz vernahm, hörte ich ein entsetztes „So war das doch nicht gemeint. So schlecht war das doch gar nicht." Wortlos räumte ich die Ruinenteile in den Kamin und machte mich auf den Weg zum Baumarkt.

Wir schrieben inzwischen den 21. Dezember.

Mit den Erfahrungen aus dem ersten missglückten Versuch gelang der zweite ungleich besser und konnte definitiv auf die Bodenplatte geleimt werden. Die Fenster und die Türöffnung hatte ich damals, erinnerte ich mich, mit roter Blattgelatine beklebt. Die gibt es aber heutzutage nicht mehr – jedenfalls nicht im Umkreis von rund dreißig Kilometern, wie ich herausgefunden habe. Von einer sich in die zweckfremde Verwendung von Backgelatine mühelos eindenkenden Edeka-Verkäuferin erhielt ich den Tipp, klare Gelatine mit roter Lebensmittelfarbe anzumalen. Was es heutzutage nicht alles gibt!

Nun galt es nur noch das Beleuchtungsproblem zu lösen, denn natürlich musste wie damals von innen ein heimeliges Licht durch die roten Fensterscheiben und die Türöffnung fallen. Deshalb ja auch die abnehmbare Dachkonstruktion. Nach unzähligen Telefonaten mit umständlichen Erklärungsversuchen meines Begehrens fand sich in einer Nachbarstadt ein Laden, der solch eine Batterie betriebene Beleuchtungsanlage führte, wie ich sie brauchte. Da die Zeit drängte, konnte ich meiner Frau beim besten Willen nicht unseren Wagen für angeblich wichtige Weihnachtseinkäufe überlassen. Meine Frau und ich beschenkten uns schon seit Jahren nicht mehr gegenseitig zu Weihnachten. Was also konnte es da noch Wichtiges zu kaufen geben? Die Gefahr, dass meinem hartnäckigen Anspruch auf das Auto möglicherweise als subtile Rache unsere Weihnachtsgans zum Opfer fallen könnte, bedachte ich natürlich nicht.

Nach meiner Rückkehr zeichnete ich mir einen Schaltplan auf, der mit dem hinter dem Häuschen zu platzierenden Schalter offensichtlich mein Verständnis elektrischer Stromflüsse überstieg. Meine Kabelführung brachte die Birne nicht zum Glühen, wohl aber die Kabel zum Schmoren, was einen unangenehmen Geruch verbreitete und meine Frau zu dem Vorschlag veranlasste, statt weiterer Versuche auf unseren älteren Sohn zu warten, der am Abend vorbeikommen wollte. Er kam, sah, schüttelte den Kopf, hatte nach fünf Minuten die Installation erfolgreich abgeschlossen und war wieder verschwunden.

Am nächsten Morgen betrachtete ich wohlgefällig das Häuschen. Meiner Zufriedenheit mit der schöpferischen, handwerklichen und technischen Leistung versetzte meine Frau sogleich einen Dämpfer.

„Schön", sagte sie, „aber die Sperrholzunterlage, was willst du damit machen?"

„Was soll ich damit machen wollen?"

„Willst du sie so lassen? Das helle Sperrholz, das sieht doch nicht aus."

„Soll ich es etwa anstreichen?"

„Nee, aber vielleicht bekleben."

„Und womit?"

„Weißt du, was ich nehmen würde?"

Die Antwort auf diese Frage, die ja nur sie kennen konnte, ließ nicht auf sich warten.

„Packpapier."

„Packpapier? – Ja, vielleicht gar keine schlechte Idee. Schade nur, dass du nicht vor dem Aufleimen des Hauses darauf gekommen bist; das hätte die Sache erheblich vereinfacht."

Dass es mir nicht auf Anhieb gelingen würde, aus dem Bogen Packpapier ein Stück mit passgenauer Aussparung für das Haus und die aufgestellte Tür auszuschneiden, war klar. Als aber nach dem dritten, immer noch unvollkommenen Versuch meine Geduld und das Papier zur Neige gingen, knüllte ich dies wütend zusammen und schmiss es mit einer entsprechenden verbalen Begleitung durch den Raum. Es landete vor den Füßen meiner von bösen Ahnungen in mein Zimmer getriebenen Frau. Sie hob das Papierknäuel auf und sagte: „Genau so hab' ich mir das vorgestellt." Kunststück, sie kannte mich ja schließlich lange genug. Dann fuhr sie jedoch zu meiner Verblüffung fort: „Jetzt nur noch ein bisschen glattstreichen, dann ist es mit seinen Falten und Kniffen die perfekte Umgebung für ein Waldhäuschen." Einmal mehr beglückwünschte ich mich zu dieser Frau, die perfekte Umgebung für mich.

Am Abend standen wir beide in meinem nur von dem rot schimmernden Licht des Knusperhäuschens erleuchteten Zimmer beinahe andächtig vor dem Gesamtkunstwerk. „Schön", sagte meine Frau, „wunderschön. Und sieh mal, das hast du ganz allein geschafft." War das nun als Anerkennung getarntes Mitleid oder blanke Ironie?

Am nächsten Tag, dem 23. Dezember, gab es für mich nicht mehr zu tun, als das Häuschen mit Back-Oblaten zu verkleiden, auf grüne Plakatpappe Tannenbäume aufzuzeichnen, auszuschneiden und im Halbkreis hinter dem Haus auf die Bodenplatte zu kleben. Sie dienten neben der Hebung des optischen Gesamteindrucks dazu, den Lichtschalter zu verdecken, der das nostalgische Ambiente gestört hätte.

Am Morgen des Heiligenabends suchte ich die in den vergangenen Wochen hier und da gekauften Süßigkeiten zusammen. Es war wie früher: Der Berg, der sich da auf dem Esszimmertisch vor mir auftürmte, hätte locker für zehn Knusperhäuschen gleicher Größe gereicht, selbst wenn ich, was wahrscheinlich war, einiges nicht wieder gefunden hatte, das dann im Laufe des nächsten Jahres nach und nach an unvermuteten Orten wieder auftauchte.

Nun kam der eigentlich schönste Teil der Arbeit: das Häuschen mit den Süßigkeiten mittels einer Puderzuckerlösung so zu bekleben, dass nicht die kleinste Stelle unbedeckt blieb. Das macht freilich nur so lange Spaß, bis man von dem zwischendurch immer wieder notwendigen Ablecken der Finger und den Vertäfelungsresten, die wie von selbst in den Mund wandern, des Süßen dermaßen überdrüssig wird, dass man einen Heißhunger auf saure Gurken entwickelt. Schließlich noch Watte als Rauchsimulation in den Schornstein, und das war's. Wohlgefällig betrachtete ich mein Werk von allen Seiten. Und es hatte wahrhaftig nur Schokoladenseiten! Bei aller Bescheidenheit: es war schon bewundernswürdig und erhielt auch von meiner Frau ein diesmal wohl aufrichtiges Lob.

Bei erneuter Betrachtung des Knusperhäuschens am Nachmittag kurz vor unserem Aufbruch zu unseren Kindern gewann ich den Eindruck, dass da doch noch etwas fehlte. Plötzlich fiel es mir wie Schuppen von den Augen: Was ist ein künstlerisch noch so perfektes Knusperhäuschen ohne das zugehörige Märchenpersonal? Wo waren Hänsel und Gretel und die Hexe? Ohne sie konnte man ein Knusperhäuschen unmöglich präsentieren. Meine ganze Vorfreude auf den Anblick Emmas, wenn sie das erleuchtete Häuschen unter dem Weihnachtsbaum entdeckte, war mit einem Schlag dahin. Und was tat meine Frau, als ich ihr die niederschmetternde Entdeckung mitteilte? Sie lächelte! Das war unglaublich! Mit den Worten „Hast du es doch noch gemerkt?" entschwand sie in ihr Zimmer und kehrte mit einer kleinen Schachtel zurück, die sie mir wortlos überreichte. Ich öffnete sie und erblickte, auf Watte gebettet, unsere alten Figuren von Hänsel und Gretel und der sich gebeugt auf einen Stock stützenden alten Hexe. Ich war gerührt ob dieser unverhofften Rettung in letzter Minute und fragte meine Frau: „Und wo ist der Kater? Ich weiß genau, dass da noch ein schwarzer Kater war."

„Heb doch mal die Hexe hoch", forderte meine Frau mich auf, meine undankbare Reaktion völlig ignorierend. Tatsächlich, da war auch der Kater. „Siehst du", fuhr meine Frau fort, „so haben wir wenigstens ein kleines Stückchen Tradition gerettet." Ich stimmte ihr mit einem aufrichtig dankbaren Blick zu, war aber mehr denn je davon überzeugt, dass sie genau gewusst hatte, dass dies die einzigen Überreste des alten Knusperhäuschens waren.

Zugegeben, Emmas Reaktion auf das Knusperhäuschen blieb hinter meinen vielleicht zu hochgesteckten Erwartungen zurück. Die eitle und alles andere als edelmütige Vorstellung, die Geschenke ihrer Eltern mit Opas Knusperhäuschen ausstechen zu können, war wohl reichlich naiv gewesen. Wie sollte man mit etwas Selbstgebasteltem und in seiner Bedeutung Emma noch Unbekanntem so viele erfüllte Wünsche überbieten können? Die offenbar in mein Gesicht geschriebene Enttäuschung über Emmas Ignoranz ging meiner Frau, von weihnachtlichem Mitgefühl übermannt – oder heißt das politisch korrekt überfraut? – meine Enttäuschung ging ihr jedenfalls, so zu Herzen, dass sie Emmas Interesse an dem Knusperhäuschen ein wenig auf die Sprünge helfen wollte. „Sieh mal, Emma, ich glaube, da ist noch etwas für dich", lockte sie. Etwas ratlos hockte Emma vor dem Knusperhäuschen. Ihre Eltern hielten sie vernünftiger Weise mit Süßigkeiten recht kurz. Vielleicht wagte sie deshalb nicht, munter drauflos zu futtern, oder scheute sich, das Häuschen zu beschädigen, vielleicht aber mochte sie nach dem üppigen Abendessen mit reichlich süßem Nachtisch auch gar nicht mehr naschen. Was sie lustig fand, war, den Lichtschalter an und aus zu knipsen. Na gut, dann eben knipsen statt knuspern, dachte ich mir. Sie machte das so lange, bis die absehbare Folge eintrat und das Häuschen finster blieb. Natürlich erwartete sie von ihrem Großvater sofortige Abhilfe. Mühelos hätte jeder unserer beiden Söhne dies mit wenigen gezielten Handgriffen erledigen können, doch die ließen ihren Alten Herrn, der schon an der Erstinstallation gescheitert war, so lange murksen und zappeln, bis die Tannen hinter dem Häuschen aussahen, als wäre ein Tornado hindurchgefegt, und etliche Knuspersachen abgebrochen waren, derer sich Emma jetzt offenbar doch nicht so ungern annahm. Damit brachte sie ihren Vater endlich dazu, einzugreifen.

Aber auch meine Stunde kam noch. Die Beleuchtung, erst einmal wieder in Betrieb, hatte ihren Reiz für Emma verloren. Dafür entdeckte sie nun die Figuren und fragte mich nach deren Bedeutung. Ich sagte, das könne man nicht so schnell erklären, da hinge eine ganze Geschichte dran. Natürlich wollte sie die nun hören. Ich versprach ihr, wenn sie sich nachher ohne großes Theater ins Bett bringen ließ, sie ihr zu erzählen. Damit schaffte ich etwas, woran alle Eltern dieser Welt alle Jahre wieder verzweifeln: ihre Kinder am Heiligabend ins Bett zu bekommen. Vielleicht konnte ich damit sogar den unausgesprochenen Vorwurf von Emmas Eltern über die unverantwortliche Fülle an Süßigkeit ein wenig kompensieren.

Als Emma sich in ihrem Bettchen, in dem ihr neben den vielen Weihnachtsgeschenken nur wenig Platz blieb, so richtig zurechtgekuschelt hatte, setzte ich mich zu ihr und begann das Märchen von Hänsel und Gretel zu erzählen, allerdings etwas anders, als es bei den Brüdern Grimm zu lesen steht. Kindern vor dem Einschlafen von einer Hexe zu erzählen, die einen kleinen Jungen in einen Stall sperrt und so lange mästet, bis er fett genug ist, gebraten zu werden, und von einem kleinen Mädchen zu erzählen, das die Hexe in den Ofen schubst und bei lebendigem Leibe einäschert, das käme mir niemals in den Sinn. Auch verwandelte ich die Mutter in eine Stiefmutter. Welche wahre Mutter würde schon ihre Kinder im Wald dem Hungertod ausliefern?

Erst als ich mit meiner die Grimmsche pädagogisch korrigierten Version des Märchens zu Ende gekommen war, merkte ich, dass Emma längst eingeschlafen war. Dann hatte ich eben einen Teil der Geschichte mir selbst erzählt. Jedenfalls würde unser beider Schlaf nicht durch einen Alptraum von einer kannibalischen Alten und einer von Kindern inszenierten Hexenverbrennung beschwert werden.

Das Freibad

Zu den lästigen Folgeerscheinungen der Klimaerwärmung gehört das unersättliche Bedürfnis unserer Enkeltochter nach Freibadbesuchen. Sie ist eine ausgesprochene Wasserratte und steht dicht davor, sich frei zu schwimmen. Ihre Eltern, die außer ihrem Hauptberuf als Eltern noch einer Nebentätigkeit zum Broterwerb nachgehen müssen, fehlt die Zeit, um das Verlangen ihrer Tochter nach Freibädern auch nur annähernd stillen zu können. Ich selbst hasse Freibäder, aber ich liebe unsere Emma über alles.

Also holte ich sie eines Morgens wieder einmal mit ihrer voll gestopften Badetasche von zu Hause ab. Um möglichst wenigen bekannten Gesichtern zu begegnen, fuhren wir zum Freibad einer Nachbarstadt. Nachdem wir auf den ausgetrockneten Aschenplatz eingebogen waren, der als Parkplatz diente, wirbelte unser Fahrzeug dermaßen viel Staub auf, dass wir von einer riesigen Wolke eingehüllt wurden. Ich musste einige Zeit mit dem Auto darin herumstochern, ehe ich eine Lücke entdeckte, in die ich stoßen konnte. Als der Staub die Sicht wieder freigab, bemerkte ich, dass ich vor einem alten, verrosteten Eisentor parkte, das jedoch nicht den Eindruck erweckte, noch benutzt zu werden. Also ließ ich den Wagen stehen, und wir stiegen aus. Mit Emmas und meiner Badetasche bepackt, schlängelte ich mich mit ihr durch die Reihen parkender Wagen Richtung Eingang.

„Bitte, Emma, schlurf nicht so", ermahnte ich unsere Enkeltochter, „sonst bist du gleich von unten bis oben eingestaubt."

„Macht doch nichts", antwortete sie schlagfertig, „wir gehen doch baden."

Der Eingang war längst noch nicht in Sicht, als wir auf das Ende der Menschenschlange stießen, die in der glühenden Hitze nur millimeterweise vorwärts zu kriechen schien. Ich hasse, wie gesagt, Freibäder, aber was ich noch mehr hasse, ist, mit einer stämmigen Fünfjährigen auf dem einen Arm – ich hatte Angst, dass sie mir da unten zerquetscht würde – und mit zwei vollen Badetaschen über der anderen Schulter in der prallen Sonne in einer endlosen Warteschlange zu stehen. Wenn nicht mindestens ein paar Dutzend vor uns in der Reihe der Hitzschlag ereilte, schien es zudem angesichts der Länge der Schlange und des Schneckentempos ihres Vorrückens höchst ungewiss, ob wir die Kasse noch vor Schließung des Bades erreichen würden. Und das wäre nach den ausgestandenen Strapazen doch recht ärgerlich gewesen.

Tastsächlich hatte die Sonne den Zenit bereits überschritten, als ich unsere Eintrittskarten löste. (Die Bezeichnung Freibad ist irreführend.) Doch wechselten wir damit nur von der Warteschlange vor der Kasse in die vor den Umkleidekabinen. Und hier ging es einem genauso wie bei den Schlangen vor den Kassen im Supermarkt: Man entscheidet sich grundsätzlich für die falsche, immer für die, bei der es am langsamsten vorwärts geht. Doch irgendwann waren auch wir an der Reihe.

Die Kabinen in Freibädern sind so geschnitten, dass sich nur Akrobaten und Gummimenschen darin mühelos umziehen können. Für einen normalen Erwachsenen und ein Kind gleichzeitig stellt dies eine kaum zu bewältigende gymnastische Übung dar. Emma ist zwar schon recht selbständig, aber die Wendigste und Schnellste ist sie nicht. Zudem hatte ihre Mutter den Badeanzug geschickter Weise zuunterst in die Tasche gepackt. Ehe Emma auf ihn stieß, war nicht nur reichlich Zeit vergangen, sondern auch der Kabinenboden knietief mit den verschiedenartigsten Gegenständen bedeckt. Sich ihre Kleidung aus- und den Badeanzug anzuziehen, nahm Emma sich ebenfalls soviel Zeit, dass sich vor der Kabinentür bereits Unmut breit zu machen begann. Vereinzelte Rufe wie „Mein Gott, was dauert das!" oder „Was machen die denn da drin so lange?!" waren zu hören. Ich hatte immerhin auch schon Hemd und Hose aus, als Emma mich bat, den Reißverschluss ihres Badeanzugs hinten zu schließen. Erst klemmte das blöde Ding, und als er sich endlich bewegen ließ, klemmte ich ihr ein Stückchen Haut ein. Verständlicher Weise schrie sie laut auf. Ihr Schreien oder die Ungeduld der Wartenden oder beides zusammen riefen unverzüglich den Bademeister auf den

Plan. Wildes Pochen mit der Faust gegen unsere Tür, begleitet von dem Befehl:

„Hier ist der Bademeister. Öffnen Sie bitte sofort die Tür."

Ich hatte keine Ahnung, was den Mann dermaßen aufgebracht haben mochte, und versuchte, die Welt da draußen zu beruhigen.

„Wir sind gleich fertig, nur noch etwas Geduld."

Doch statt Wasser hatte ich offenbar Öl ins Feuer gegossen. Denn jetzt überschlug sich fast die Stimme des Bademeisters.

„Wenn Sie nicht augenblicklich aufmachen, muss ich das tun!"

Auch eine Frauenstimme meldete sich zu Wort: „Ich habe genau gesehen, wie der alte Knacker mit dem kleinen Mädchen da rein ist."

Der ‚Alte Knacker' traf mich nicht sonderlich, schon gar nicht von solch einer Stimme, die nur einer alten Schachtel gehören konnte. Aber jetzt begriff ich, woher der Wind wehte, der langsam zu einem Orkan anzuschwellen drohte. Um nicht länger einem fürchterlichen Verdacht ausgesetzt zu sein, blieb mir nichts anderes übrig, als schleunigst die Tür zu öffnen und den Sachverhalt zu klären, auch wenn ich mich dem Bademeister und der Meute in Unterhose und Socken präsentieren musste.

Niemand stürzte sich auf mich, als ich auf die Schwelle der geöffneten Tür trat, die Hände auf dem Kopf der vor mir stehenden Emma – eine Pose, stellte ich mir vor, ähnlich der des die Kinder segnenden Jesus. Nicht einmal entsetzte oder vernichtende Blicke trafen den vermeintlichen Unhold. In ruhigem Ton sagte ich:

„Das ist Emma, mein Enkelkind. Beim Schließen des Reißverschlusses ihres Badeanzugs habe ich ungeschickter Weise ein bisschen Haut eingeklemmt. Das ist alles, okay Leute? Und nun gebt mir noch eine Minute."

Ehe der Bademeister, dessen Bauch schon in die Kabine drängte, und die gaffende Meute hinter ihm reagieren konnten, hatte ich die Tür wieder zugeknallt. Socken und Unterhose aus, Badehose an, Sachen zusammengerafft und nichts wie raus aus der Kabine. Zwar wurde ich von nicht wenigen immer noch misstrauisch beäugt, aber man ließ mich unbespuckt und unbehelligt entkommen.

Wer meint, nun hätte das ungetrübte Badevergnügen endlich begonnen, der irrt gewaltig. Auf der Liegewiese waren natürlich alle Schattenplätze längst belegt. Emma stundenlang dem gleißenden Sonnenlicht auszusetzen, verbot sich von selbst, die ganze Zeit im Wasser verbringen konnten wir natürlich auch nicht, und Emma vorzuschlagen, drei, vier Mal auf die Wasserrutsche zu gehen und dann wieder nach Hause zu fahren, was meiner Gemütslage entgegengekommen wäre, hätte Emma mit lebenslangem Entzug ihres Wohlwollens und ihrer Zuneigung bestraft. Das durfte ich nun wirklich nicht riskieren.

Während ich ratlos umherblickte, zeigte mir das Schicksal, dass es auch für ausgleichende Gerechtigkeit sorgen konnte, wenn es nur wollte. Ein Herr sprach mich an:

„Ganz schön fies, was die da mit Ihnen gemacht haben. Ich hab's zufällig mitgekriegt, als ich meiner Tochter ein Eis holen ging."

„Tja, was will man dagegen machen? Wenn ich ein Priester wäre und unsere Enkeltochter ein Junge, hätte ich das ja noch verstanden", erwiderte ich und ließ meinen Sarkasmus natürlich an dem Falschen aus. Der ignorierte meine kirchenfeindliche Bemerkung und meinte:

„Einen Schattenplatz suchen Sie hier zu dieser Zeit übrigens vergebens. Aber kommen Sie mal mit rüber zu uns. Wir können ein bisschen zusammenrücken, das wird schon noch gehen."

Er führte uns zu einem wirklich lauschigen Plätzchen am Rande der Liegewiese, im Schatten der sie säumenden Bäume, wo sich ein sommersprossiges Mädchen mit kurzen blonden Zöpfen, etwas älter als Emma und Eis lutschend, auf einer Decke breit machte und sich nun auf Geheiß ihres Vaters schmaler machen musste.

„Schau mal, Opa", flüsterte mir Emma mit Blick auf das Mädchen zu, „wie Pippi Langstrumpf."

Der Platz reichte für uns tatsächlich völlig aus. Ich bedankte mich, und wir begannen uns einzurichten. Lange hielt es Emma freilich nicht auf ihrer Decke. Sie zerrte mich hoch und rüber zu dem Planschbecken. Auf der reichlich frequentierten Rutsche bewies Emma eine unglaubliche Ausdauer. Rauf auf die Rutsche und runter, sofort wieder rauf und wieder runter, mal auf dem Po, mal auf dem Bauch. Und immer quietschte sie vor Vergnügen. Ich stand derweil in der Sonnenglut, froh, wenigstens bis zu den Knöcheln etwas Kühlung zu verspüren, und winkte und lachte ihr zu, applaudierte und lobte – und ärgerte mich, uns einzucremen vergessen zu haben, vor allem Emmas empfindliche Kinderhaut. Noch war allerdings nicht daran zu denken, sie von der Rutsche wegzubekommen. Doch auch ihre Kondition hatte Grenzen. Irgendwann fiel sie mir ermattet vor die Füße und verlangte von sich aus, zu unserem Liegeplatz zurückzukehren.

Fünfjährige scheinen eine erheblich kürzere Regenerationszeit zu benötigen als Großväter. Schon nach kurzer Zeit sprang Emma wieder auf, doch nicht von Vergnügungssucht getrieben, sondern aus einem ganz anderen Bedürfnis, wie ihre Worte „Opa, ich muss Pipi" zeigten. „Und danach", fuhr sie fort, „müssen wir unbedingt ein bisschen Schwimmen üben."

Solch ein Lerneifer stieß bei mir natürlich auf keinerlei Einwände, hatte ich mir doch für heute vorgenommen, Emma von ihrer lächerlichen Schwimmhilfe, die sie meines Erachtens gar nicht mehr brauchte, endgültig zu befreien. Dafür hatte ich mir ein – zugegeben – etwas perfides Mittel einfallen lassen.

„Einverstanden", sagte ich, „geh du Pipi machen, ich blase inzwischen deine Schwimmärmchen auf und hole dich dann an der Toilette ab."

Emma sauste los; es schien dringend zu sein. Mein Plan war, in die beiden prall aufgeblasenen Schwimmärmchen mit einer Stecknadel ein so winziges Loch zu pieksen, dass es eine Weile dauern würde, bis die Luft entwichen wäre. Da ich immer ganz dicht bei Emma bleiben würde, bestünde für sie keinerlei Gefahr. Das einzige, was ich riskierte, war, dass meine Erwartungen sich nicht erfüllten, mein Plan nicht aufging und ich Emma neue Schwimmärmchen kaufen musste. Als es soweit war, kamen mir gleichwohl Bedenken und ich zögerte, doch dann stieß ich entschlossen zu.

Emma erwartete mich schon an der Damentoilette. Im Nichtschwimmerbecken konnte sie gerade noch stehen, wenn sie sich auf die Zehenspitzen stellte. Nach meiner Aufforderung „Nun zeig mal, was du kannst" durchquerte sie zügig das Becken. Auf der zweiten Bahn kamen mir die Schwimmärmchen schon deutlich dünner vor. Doch Emma bemerkte zum Glück nichts, und so fiel es ihr auch nicht auf, dass sie nach einer Weile praktisch ohne Unterstützung durch die Schwimmärmchen dahin schwamm, ganz ruhig und unbekümmert. Als ihr jedoch irgendwann die völlig platten Dinger locker um die Oberarme schlackerten, geriet sie in Panik, paddelte mit den Armen wie ein Hund und strampelte mit den Beinen wild um sich. Sofort griff ich sie um den Bauch und trug sie aus dem Becken. Sie wollte wissen, was mit den Schwimm-ärmchen passiert sei, und ich gestand ihr die Wahrheit. Noch unter dem Eindruck des über-standenen Schreckens platzte es aus ihr heraus:

„Opa, bist du blöd!?"

Ich versuchte sie zu beruhigen und wies auf den tollen Erfolg meines Tricks hin:

„Bist du denn gar nicht stolz, dass du jetzt rich-tig schwimmen kannst?"

„Doch, schon", gab sie zu, setzte jedoch sogleich hinzu: „Aber ganz schön gemein war das trotz-dem."

Da konnte ich nicht widersprechen. Als Ver-söhnungsangebot kaufte ich uns beiden ein großes Eis, wobei sich Emma die Bemerkung nicht ver-kneifen konnte, dass ich ja eigentlich keins ver-dient hätte. Lutschend erreichten wir unseren Liegeplatz. Ich rubbelte sie trocken, wechselte ihren nassen Badeanzug gegen einen frischen – zum Glück einen ohne Reißverschluss – und holte das versäumte Eincremen so gewissenhaft nach, dass Emmas gesunde Hautfarbe einer Weiße wich, die jede Japanerin neidisch gemacht hätte. Emma kramte den Zeichenblock und die Filzstifte aus ihrer Tasche und begann zu malen, eine ihrer Lieblingsbeschäftigungen. Dabei kaute sie ein Butterbrot, das ihr ihre Mutter eingepackt hatte. Ich hatte optimistischer Weise ein Buch mitgenommen, legt mich auf den für meinen alten Rücken viel zu harten Rasenboden, schob mir meine Badetasche unter den Kopf und schaffte es tatsächlich, ein paar Seiten zu lesen. Dann fielen mir die Augen zu, doch ich las weiter, lang ausgestreckt auf einer bequemen Liege unter einem Sonnenschirm aus Stroh. Wenn ich aufblickte, sah ich den weißen Strand und dahinter das blau- und türkisfarbene Meer. Das einzig Störende waren zwei Halbwüchsige, die in der Nähe Ball spielten. Plötzlich kam der Ball in meine Richtung geflogen und landete unsanft an meinem Kopf. Erschrocken schlug ich die Augen auf und sah einen Jungen mit einem Ball im Arm vor mir stehen. Er entschuldigte sich, ich rieb mir den Kopf und nickte ihm verzeihend zu. Dann erst registrierte ich, dass der Platz neben mir leer war. Emma war weg und der freundliche Herr mit seiner sommersprossigen Tochter ebenfalls.

Vielleicht will sie mir nur den Schrecken heimzahlen, den ich ihr mit den perforierten Schwimmärmchen eingejagt hatte, versuchte ich mir einzureden. Doch so leicht ließ sich die Unruhe nicht besänftigen. Mit wirren Gedanken im Kopf und entsetzlichen Bildern vor Augen lief ich zum Planschbecken und zur Rutsche. Von Emma keine Spur. Immer wieder ihren Namen rufend, irrte ich weiter. Als ich am oberen Ende des Schwimmbeckens, da, wo die Startblöcke angebracht sind, vorbei kam, stockte mir der Atem, und ich glaubte, mein Herz bliebe stehen. In der Ecke des Beckens lag auf dem Grund ein Körper, ein Kinderkörper, Emmas Körper, ja wessen denn sonst? Es hatte keine Durchsage gegeben, dass Eltern ein Kind vermissten. Ohne mich zu besinnen, sprang ich. Was noch vor mir im Wasser landete, war meine Brille. Dieser Verlust und die unter Wasser ohnehin verzerrte Sicht machten meine Aufgabe nicht gerade leichter. Doch unbeirrt stieß ich immer weiter in die Tiefe vor. Und dann sehe ich verschwommen den Körper vor mir. Ich packe ihn, ich weiß nicht wo, und strebe mit kräftigen Beinschlägen zurück an die Wasseroberfläche. Während meines Tauchens müssen sie den Beckenboden um etliche Meter abgesenkt haben, soviel länger kommt mir die Strecke nun vor. Aber rauf ist ja immer schwerer als runter, zumal mit solch einem Gewicht am Arm. Die Luft wird verdammt knapp, das Blut hämmert in meinen Schläfen, der Kopf droht zu platzen. Ich zwinge mich, der Versuchung zu widerstehen, einfach den Mund aufzumachen, was mir auch über Wasser häufig schwer fällt. Wenn mich nicht alles täuscht, sehe ich schon relativ dicht über mir Schatten, die sich über den Beckenrand beugen. Ich muss es schaffen, wenn Emma noch eine Überlebenschance haben soll. Und das soll sie unbedingt! Dann ist mein Mund plötzlich über Wasser, ich reiße ihn auf, keuche und japse wie ein Nilpferd. Mit letzter Kraft stemme ich den Körper, der wie ein nasser Sack an mir hängt, auf den Beckenrand.

„Super, Opa!" ruft da jemand, wahrscheinlich so ein junger Schnösel, der das wohl witzig findet. Aber nein, die Stimme kenne ich doch, das war Emmas Stimme, und als ich aufsah, lag mein kleiner Liebling nicht etwa ertrunken auf dem Beckenrand, sondern stand in einem Pulk von Menschen quietschlebendig vor mir, lachte, klatschte in die Hände und rief noch einmal:

„Echt super, Opa!"

„Ja, aber ... aber ...", stammelte ich, mich, von der Anstrengung noch ganz benommen, mühsam aus dem Wasser ziehend.

„Sind Sie etwa Mitglied in der DLRG?", fragte mich eine Stimme, die dem dickbäuchigen Herrn gehörte, der sich mir bereits früher als Bademeister vorgestellt hatte.

„Ich? In meinem Alter? Wo denken Sie hin?", keuchte ich.

„Dann haben Sie die DLRG-Puppe gefälligst in Ruhe zu lassen", schnaubte der Dickbäuchige.

Jetzt erst sah ich mir das Wesen näher an, das ich da unter Einsatz meines Lebens aus den Fluten gerettet hatte. Es war ein grober mit Gries, Sand oder, was weiß ich, gefüllter Jutesack, mit Einschnürungen, die vage Kopf, Rumpf und Extremitäten andeuteten. Ich war viel zu glücklich, Emma froh und munter herumspringen zu sehen, um mich meiner peinlichen Verwechselung zu schämen, auch wenn einige um mich herum kicherten, vielleicht weil sie den wahren Grund meines tollkühnen Tauchgangs ahnten. Dafür war ich in Emmas Achtung gestiegen, und das zählte weitaus mehr.

Kopfschüttelnd ergriff der Bademeister die Puppe und stieß sie wieder ins Becken, damit die DLRG-Mitglieder, wenn sie am Abend nach Schließung des Bades für die Öffentlichkeit zum Training kamen, die Puppe an der gewohnten Stelle vorfänden.

„Lassen Sie sich so etwas ja nicht noch einmal einfallen", schimpfte der Bademeister weiter auf mich ein. Da hätte ich ihn beruhigen können, ein zweites Mal würde ich das gar nicht schaffen. Ich hätte versuchen können, ihm den Grund für meinen unfreiwilligen Tauchgang zu erklären. Aber lieber wollte ich den Vorwurf auf mir sitzen lassen, mich unbefugt an DLRG-Eigentum vergriffen zu haben, als diesem Menschen gegenüber meinen Irrtum einzugestehen. Ich versuchte, mich unauffällig mit Emma zu verdrücken. Doch der Bademeister war noch nicht fertig mit mir.

„Sind Sie heute nicht schon einmal unangenehm aufgefallen?"

Jetzt reichte es mir: „Na, erlauben Sie mal!"

„Ich erlaube überhaupt nichts, was nicht erlaubt ist. Ist das klar?!"

Es hatte keinen Zweck, diesen Menschen mit dem Hinweis auf das Tautologische seines Satzes weiter zu reizen. Vielleicht sollte ich ihn lieber bei seiner Berufsehre zu packen versuchen.

„Ich hätte da noch eine Bitte. Ich habe nämlich beim Tauchen meine Brille verloren, wage aber nicht, noch einmal zu tauchen in diesen Schlund hinab. Würden Sie vielleicht ..."

Dass meine Anspielung auf Schillers Taucher-Ballade bei dem Bademeister ins Leere ging, damit musste ich rechnen, nicht aber mit seiner höhnischen Reaktion, wo er doch einmal seinem Beruf hätte Ehre machen können.

„Bin ich etwa ein Brillentaucher?", versuchte er sich als Witzbold, aber niemand lachte. „Sehen Sie zu, wie Sie das Ding wiederkriegen, und seien Sie froh, wenn ich Sie nicht wegen vorsätzlicher Verunreinigung des Beckens mit Fremdkörpern belange." Als noch immer keiner lachen wollte, drehte er sich um und verschwand.

„Warten Sie mal, " wandte sich da plötzlich der freundliche Herr an mich, der uns einen Teil seines Liegeplatzes überlassen hatte, „wo etwa haben Sie die Brille verloren?"

Ich deutete auf die mutmaßliche Stelle, und schon war er mit einem eleganten Kopfsprung im Wasser verschwunden, und nur wenig später tauchte er, einen Arm mit meiner Brille in der Hand aus dem Wasser reckend, wieder auf.

„Sagen Sie mal", fragte ich ihn, als er tropfend neben mir stand und mir die Brille reichte, „sind Sie von Beruf zufällig Schutzengel?"

„Nee", lachte er, „eigentlich Techniker, aber nach der Schließung von NOKIA in Bochum seit einigen Jahren Hartz-IV-Empfänger."

Ehe mir weitere Dankesbezeugungen einfielen, war er mit seiner Pippi-Langstrumpf-Tochter verschwunden. An ihren Liegeplatz kehrten die beiden auch nicht mehr zurück, während ich dort noch ein wenig zu verschnaufen gedachte. Emma erzählte mir nun, dass die Sommersprossige ihren Vater um ein weiteres Eis angebettelt und dieser Emma aufgefordert habe mitzukommen, er wolle auch ihr ein Eis kaufen. Ich hätte ja so schön geschlafen. Und sie sei ganz toll stolz auf ihren Opa. Mir ging Emmas Bericht aus unterschiedlichen Gründen nahe. Doch als sie mich fragte, warum ich eigentlich diese blöde Puppe aus dem Wasser geholt hätte, konnte ich ihr unmöglich die Wahrheit zumuten; sie hätte sich zu Tode erschreckt. Also erzählte ich ihr, dass ich einfach hätte wissen wollen, ob ich das noch schaffte. Sie gab sich mit der Erklärung zufrieden und setzte die Arbeit an ihrem Gemälde fort. Ich versuchte, mich zu entspannen. Doch das war mir nicht allzu lange vergönnt. Eine Lautsprecherdurchsage schreckte uns beide auf:

„Achtung, Achtung! Der Halter des Wagens mit dem Kennzeichen EN-UH 98 bitte umgehend an der Pforte melden."

Und das gleiche noch zwei Mal in gleicher Lautstärke. Das Kennzeichen war mir schon beim ersten Mal bekannt vorgekommen. Sicherheitshalber schaute ich in meinen Fahrzeugschein. Kein Zweifel, das war unser Kennzeichen.

„Du, Emma, die Durchsage eben, das ist Opas Auto, ich muss mich also da melden. Und da es ohnehin spät genug ist, packen wir am besten gleich."

„Na, gut", sagte sie und machte sich tatsächlich unverzüglich ans Zusammenpacken.

Hoffentlich hatte da nicht so ein Trottel beim Ausparken unseren Wagen gerammt. Aber wäre der so anständig gewesen, sich freiwillig zu melden? Wohl nur, wenn es einen Zeugen gab, wahrscheinlich unseren Hartz-IV-Schutzengel.

An der Pforte erfuhr ich in schroffem Ton, dass ich – wie könne man nur! – eine Ausfahrt zugeparkt hätte. Ich entschuldigte mich, dass ich das verrostete Tor für nicht mehr in Betrieb gehalten hätte, worauf die Frau an der Pforte bemerkte, dass auch verrostete Tore, solange sie sich öffnen und schließen ließen, als Ein- und Ausfahrt dienen könnten. Damit hatte sie zweifellos die Logik auf ihrer Seite.

Die Wut des an der Ausfahrt Gehinderten hielt sich in Grenzen; vielleicht war er diesen Kummer gewöhnt oder hatte nicht mit einem so schnellen Erscheinen des idiotischen Parkers gerechnet. Ich verstaute die Badetaschen im Auto und machte mich kleinlaut davon.

Auf der Heimfahrt dachte ich nicht ohne Sorge daran, was Emma ihren Eltern über unseren Freibadbesuch erzählen würde. Hoffentlich nichts von Opas Tauchkünsten. Ich hatte nämlich das dumpfe Gefühl, sie könnten das ganz anders sehen und die Begeisterung ihrer Tochter nicht unbedingt teilen. Noch unbehaglicher war mir der Gedanke, Emma könnte Opas unorthodoxe Schwimmlehrmethode ausplaudern. Lieber stellte ich mir vor, wie sie Mama und Papa stolz verkündete, dass sie nun ohne Schwimmärmchen schwimmen könnte.

Als ich sie heil und ohne Wasser in der Lunge ihren Eltern übergeben hatte, war von Opas Heldentat überhaupt keine Rede. (So vergänglich ist Gott sei Dank aller Ruhm.) Stattdessen platzte es aus ihr heraus:

„Der Opa, der ist gemein, der hat meine Schwimmärmchen zerstochen."

Undank ist der Welten Lohn, dachte ich bei mir und fühlte fragende Blicke der Eltern auf mich gerichtet. Aber noch bevor ich etwas erklären musste, fuhr Emma mit strahlenden Augen fort:

„Aber ich kann jetzt richtig schwimmen, ich brauch die blöden Dinger gar nicht mehr!"

Die Begeisterung der Eltern über die zweite Nachricht ersparte mir zum Glück unangenehme

Nachfragen zu der ersten. Sie gingen zweifellos davon aus, dass ich die blöden Dinger erst im Nachhinein zerstochen hatte, gewissermaßen als Ausdruck meiner übermütigen Freude über den erfolgreichen Schwimmunterricht. Die umgekehrte zeitliche Abfolge überstieg wohl einfach ihr Vorstellungsvermögen. Es musste in dieser Hinsicht keine Erweiterung erfahren, schon gar nicht von mir.

Das Meerschweinchen

Irgendwann kommt die Zeit, wo einem Kind Plüschtiere nicht mehr genügen, wo es sich ein lebendiges Wesen in Gestalt eines Haustiers wünscht. Heilige Eide werden geschworen, sich ganz allein um die Pflege und das Wohl des Tieres zu kümmern. Dabei wissen die Eltern genau, dass sie, wenn sie dem Wunsch nachgeben – und das tun sie in der Regel –, früher oder später, aber meist früher die Versorgung des Tierchens werden übernehmen müssen, soll das arme Geschöpf nicht verhungern oder verdursten oder in seinem eigenen Mist verkommen.

Unseren Erlebnissen mit Emma und ihrem Haustier, dem Meerschweinchen Otto, muss ich die traurige Geschichte von ihrem ersten Tier, dem Hamster Fridolin, voranschicken, die ich nur dem Hörensagen nach wiedergeben kann, da ich nicht dabei gewesen bin, als sie sich in der Wohnung der Familie unseres Sohnes zugetragen hat.

Eigentlich wollte Emma, kaum dass sie in die Schule gekommen war, ein Löwenbaby. Das ging natürlich nicht. Als ihre Eltern sie davon überzeugt hatten, dass man auch ein Eichhörnchen nicht zu Hause im Käfig halten kann, verfiel sie auf einen Hamster. Sei es, dass die Lehrerin im Naturkundeunterricht über diese anmutigen Wesen gesprochen oder sie einen bei einer Mitschülerin zu Hause gesehen hatte, ihre Entscheidung jedenfalls stand fest: Ein Hamster sollte es. Die Eltern erfüllten ihr diesen Wunsch. So hielt eines Tages ein munterer Goldhamster Einzug in Emmas Kinderzimmer. Ziemlich verloren wirkte das kleine Tierchen in seinem riesigen, kahlen Käfig. Deshalb baute ihm ihr Vater zwei Häuschen aus Sperrholz. Dabei ließ er es aber nicht bewenden. Nach und nach wurde der Käfig mit einer, freilich schnell völlig zernagten Pappröhre, einem Klettergestell, einer Hängematte und natürlich dem obligatorischen Hamsterrad zu einem wahren Hamsterspielplatz aufgerüstet. Und Fridolin fühlte sich sichtlich wohl.

Eines frühen Sonntagmorgens jedoch wurden die Eltern durch ein entsetzliches Klagegeheul aus dem Schlaf gerissen. Und schon stand Emma schluchzend bei ihnen am Bett. Auf ihr kläglich hervorgebrachtes „Fridolin ist weg!" fiel der schlaftrunkenen Mutter nichts anderes als die nicht gerade intelligente Frage ein: „Wie, weg?", während ihr Mann längst aufgesprungen und, von bösen Ahnungen getrieben, zum Kinderzimmer geeilt war. Wie angewurzelt blieb er auf der Schwelle stehen und starrte ungläubig in das halbdunkle Zimmer: Lange Streifen der bunten und noch zusätzlich von Emma bemalten Tapete hingen zusammengekringelt von den Wänden herab. Schlagartig wurde ihm bewusst, dass sie sich ein Nagetier ins Haus geholt hatten. Erst als er sich von dem Schock einigermaßen erholt hatte, war er in der Lage, sich um den Verbleib Fridolins zu kümmern Er schaltete alle Lampen im Zimmer an, auch die auf Emmas Nachttisch. Das hätte er besser nicht tun sollen. Seinen folgenschweren Fehler erkannte er jedoch erst, als er den kleinen, leblosen Körper unter dem Bett hervorgeholt hatte. Fridolin war, nachdem er sich mit beachtlichem Erfolg um die Entfernung der Tapeten bemüht hatte, dummer Weise just in dem Augenblick dazu übergegangen, das Kabel der Nachttischlampe anzunagen, als Emmas Vater diese ahnungslos an- und damit Fridolin für immer ausknipste. Der Stromschlag, den das arme Kerlchen erlitt, war für ein so kleines Lebewesen wie ein Hamster unweigerlich tödlich.

Die Szene, die nun folgte, ist unbeschreiblich, also lasse ich es. Wie untröstlich Emma war, wird sich jeder auch so vorstellen können. Ihr Vater verschwieg ihr wohlweislich die physikalischen Zusammenhänge, die ihn unwissentlich zum Henker ihres kleinen Lieblings gemacht hatten. An den folgenden Tagen besah sie sich immer wieder die Fotos, die ihr Vater von Fridolin gemacht hatte, vor allem eins, auf dem sie ihn in ihren geschlossenen Händen hält, sodass nur das Köpfchen mit den kleinen, runden Ohren, dem spitzen, schnuppernden Schnäuzchen und den schwarzen Stecknadelknopfaugen heraus sehen.

Unseren Sohn plagten verständlicher Weise Schuldgefühle, Fridolin wider Willen ins Jenseits befördert zu haben. Niemals wäre es ihm in den

Sinn gekommen, wegen der ruinierten Tapeten die Todesstrafe über ihn zu verhängen. Dass sie ihrer Tochter einen Ersatz für Fridolin nicht würden verwehren können, stand für die Eltern ebenso fest wie der Entschluss, keinen Hamster mehr in ihrer Wohnung zu beherbergen. Man einigte sich auf ein Meerschweinchen, zwar auch ein Nager, aber nach Auskunft der Tierhandlung längst nicht so aggressiv wie Hamster. Und so kehrte schließlich wieder Friede in die Familie ein.

Schon an ihrem ersten Schultag war ausgemacht worden, dass Emma einen Teil der Herbstferien, der ersten Schulferien ihres Lebens, bei ihren Großeltern verbringen sollte. Es versteht sich von selbst, dass Otto den Tapetenwechsel mit vollzog. Einen hatte er ja schon erlebt, als das Kinderzimmer neu tapeziert werden musste. Anders als in Erinnerung an Fridolin hatte das Wort Tapetenwechsel in Hinblick auf Otto seinen Schrecken verloren. Mit ihm hatte es bislang keinerlei Schwierigkeiten gegeben. Das sollte sich gründlich ändern.

Um die Mittagszeit ihres ersten Tages bei uns schickte mich meine Frau zu Emmas Zimmer hinauf, das früher ihr Vater bewohnt hatte und jetzt das Refugium meiner Frau war, um sie zum Mittagessen zu holen. Sie lag auf dem Sofa, Otto auf ihrem Bauch, dessen weiches Fell sie streichelte. Plötzlich sprang sie, wie von der Tarantel gestochen, auf und schrie wie am Spieß: Ihr T-Shirt hatte an der Stelle, wo Otto gelegen hatte, einen dunklen, nassen Fleck.

„Tja", sagte ich, „damit musst du rechnen. Auch Meerschweinchen machen Pipi. Aber das ist doch nicht so schlimm. Oma wäscht dir das aus, und du zieht so lange ein anderes T-Shirt an."

Schlimm dagegen war, dass Otto die unverhoffte Gelegenheit, sich einmal etwas mehr Auslauf zu verschaffen, sogleich genutzt hatte. Er war so blitzartig verschwunden, dass weder Emma noch ich gesehen hatten, wohin er entkommen war. Sofort schloss ich die Tür, damit er nicht auch noch aus dem Zimmer entwischen konnte, und zog – eingedenk Fridolins traurigem Schicksal – sämtliche Stecker aus den Steckdosen. Zwar sahen wir Otto mal hier, mal dort vorbeihuschen, aber ihn zu packen, bekamen wir nicht den Hauch einer Chance.

„Emma, so wird das nichts", sagte ich. „Warte einen Moment, ich bin gleich zurück."

Mit einer Taschenlampe und einem Besen bewaffnet, betrat ich wieder das Zimmer. Emma bekam einen Schrecken.

„Du tust ihm doch nicht weh?", fragte sie ängstlich.

„Ach was, mit dem Besen will ich ihn nur aufscheuchen", beruhigte ich sie.

Wir spähten eine Weile umher, ohne Otto zu Gesicht zu bekommen. Dann glaubte ich, ihn unter das Bett verschwinden gesehen zu haben. Ich legte mich lang auf den Bauch und ruckte, so weit es ging, unter das Bett vor. Ich knipste die Taschenlampe an, und in ihrem Schein entdeckte ich ihn tatsächlich in der hintersten Ecke. Noch bevor ich den Besen auch nur in Position, geschweige denn zum Einsatz bringen konnte, war Otto längst auf und davon. Dann entdeckten wir ihn unter dem Heizkörper.

„Pass auf, Emma, auf mein Zeichen stellt du den Nähkorb dort oben quer vor die Heizung. Ich schiebe gleichzeitig das Sofa vor die Längsseite; dann sitzt er in der Falle."

Es klappte tatsächlich, und ich legte mich vor dem einzig ihm verbliebenen Ausweg auf die Lauer. Als er sich ein wenig hervorwagte, griff ich nach ihm. Doch bevor ich richtig zupacken konnte – man glaubt es nicht –, biss mir die kleine Bestie mit seinen scharfen Nagezähnen in den Finger. Das tat richtig weh, und ich rief laut „Aua!" Obwohl er uns ein weiteres Mal entwischt war, fand Emma das offenbar lustig und lachte herzhaft. Mir kam der Verdacht, dass sie mehr zu ihrem verflixten Meerschweinchen als zu ihrem Großvater hielt und ihre heimliche Freude daran hatte, wie dies sich immer wieder unseren Einfangversuchen entzog. Es war wohl einfach zu schlau für ihren Großvater.

Dann hörten wir meine Frau die Treppe hochkommen. Sie war vermutlich verärgert über unser langes Ausbleiben. Mit den Worten „Wenn ihr nicht bald kommt, ist das Essen verbrutzelt!" öffnete sie resolut die Tür. Das war Otto natürlich nicht entgangen, und – schwups – war er aus dem Zimmer. Zum Glück wandte er sich nicht nach rechts der Treppe zu, sondern nach links, wo die Tür zum Badezimmer einen Spalt weit offen stand. Der reichte Otto, um hineinzuschlüpfen. Ich frohlockte, denn dort hätten wir leichteres Spiel als in dem unübersichtlichen Terrain von Emmas Zimmer. Dort gab es für ihn so gut wie keine Versteckmöglichkeiten. Dumm nur, dass meine Frau am Vormittag die Gardinen zum Waschen abgenommen und die Trittleiter, die sie ja später zum Aufhängen wieder brauchte, stehen gelassen hatte. Ehe wir uns versahen, war Otto die ersten Stufen der Leiter rauf und von dort auf das Klo, dessen Deckel – ein Unglück kommt selten allein – hochgeklappt war. Als Emma Otto auf der glatten Brille herumrutschen sah, ahnte sie Entsetzliches und schrie „Neiein!" Doch da war es schon passiert: Otto war im Klo verschwunden. Wenn jetzt einer die Spülung betätigte, schoss es mir durch den Kopf, würde Emma binnen weniger Wochen ihr zweites Tier verloren haben. Statt sich mit dermaßen abwegigen Gedanken aufzuhalten, griff meine Frau geistesgegenwärtig in den Topf, in dem von Otto, der heftig mit den Vorderpfoten paddelte, nur das Köpfchen mit vor Angst weit aufgerissenen Augen zu sehen war. Sie packte Otto im Genick, zog ihn hoch und hielt das tropfende und zappelnde Tierchen am gestreckten Arm in die Luft. Sie schlug ein Handtuch um ihn und tupfte ihn behutsam trocken.

Wir waren alle ordentlich erleichtert, dass der kleine Kerl und auch wir mit dem Schrecken davongekommen waren und Otto in seinem Käfig wieder in Sicherheit war. Nun konnten wir beruhigt an unser in der Tat verbrutzeltes Mittagessen gehen. Zuvor hatte ich allerdings noch, um weiteren Ausreißversuchen Ottos vorzubeugen, den Käfig, der bislang auf dem Boden gestanden hatte, auf ein kleines Tischchen gesetzt. Es erschien mir hoch genug, Otto alle Lust an weiteren Ausflügen zu nehmen, selbst wenn Emma einmal die Schiebetür des Käfigs nicht ganz fest schließen würde, wie es ihr bei Fridolin passiert war. Doch das erwies sich als folgenschwerer Irrtum.

Schon am nächsten Morgen wurden wir von Emma auf die gleiche unsanfte Weise geweckt wie einige Wochen zuvor ihre Eltern und mit dem gleichen Satz, in dem sich nur der Name geändert hatte: „Otto ist weg!" Das konnte einfach nicht wahr sein! War es aber. Ratlos stand ich vor dem leeren Käfig mit der geöffneten Schiebetür. Da Emma ihre Zimmertür nachts einen Spalt weit geöffnet haben wollte, bestand diesmal die Gefahr, dass Otto seine Exkursion nicht auf das eine Zimmer beschränkt hatte, sondern auch in die mittlere Etage und von dort aus in die untere gelangt war, wo er womöglich jetzt gerade unser Wohnzimmer inspizierte. Wie sollten wir ihn da jemals finden? Und was konnte ihm nicht alles zustoßen? Otto hatte sich als nicht weniger unternehmungslustig erwiesen als Fridolin. In meine besorgten Gedanken hinein sagte meine Frau plötzlich:

„Schaut, mal", und zeigte unter das Tischchen, auf dem der Käfig stand. Tatsächlich, da saß der Schlingel und rührte sich nicht vom Fleck. Anstandslos ließ er sich von meiner Frau aufnehmen. Doch unter der Berührung zuckte er merklich zusammen. Und als er im Käfig auf den Rest Salat vom Vortag zuhoppelte, sah man deutlich, dass seine rechte Hinterpfote lahmte. Offensichtlich hatte er sich bei dem Sprung von dem Tischchen verletzt. Meine von keiner Fachkenntnis getrübte Blitzdiagnose „Klarer Fall von Oberschenkelhalsbruch" wies meine Frau, die als ehemalige Physiotherapeutin unbestritten über die größten medizinischen Kenntnisse in unserer Familie verfügt, entschieden zurück:

„Unsinn, er hat sich nur ein wenig das Gelenk verstaucht. Das wird schon wieder."

Wäre es nach Emma gegangen, hätten wir auf der Stelle mit Otto zum Tierarzt gemusst. Natürlich war sie um ihren kleinen Schützling besorgt. Meine Frau versuchte, sie zu beruhigen:

„Draußen in der Natur gibt es auch keinen Doktor, der den Tieren hilft. Weißt du, Emma, Tiere können sich am besten selbst helfen, sie wissen von allein, wie sie sich verhalten müssen."

Als sich Otto aber auch die beiden nächsten Tage ungewohnt still verhielt, sich kaum bewegte und kaum fraß, fand Emma eine neue Erklärung für sein Verhalten:

„Er ist traurig, weil er so allein ist. Er braucht einen Spielkameraden."

Obwohl es Otto am dritten Tag schon wieder deutlich besser ging, wussten wir, dass Emma nun so lange quengeln würde, bis wir nachgaben. Da wir eine traurige Emma nicht lange ertragen können, vollzogen wir die Kapitulation lieber gleich, begaben uns in eine Tierhandlung und ließen Emma sich ein zweites Meerschweinchen aussuchen. Als sie glücklich den Karton mit dem Meerschweinchen in ihren Händen hielt, flüsterte sie ihm durch die Luftlöcher zu:

„Ihr werdet bestimmt gute Freunde und viel Spaß zusammen haben."

Damit sollte sie in der Tat Recht behalten. Denn es fügte sich, dass Emma nun ein Meerschweinchenpaar besaß, da weder ihre Eltern beim Kauf des ersten Meerschweinchens noch wir jetzt danach gefragt hatten, ob es sich um ein Weibchen oder ein Männchen handelte. Die Folgen waren absehbar.

Etwa zehn Wochen nach Emmas Rückkehr in die elterliche Wohnung weckte sie ihre Eltern wieder einmal lange vor Sonnenaufgang. Diesmal allerdings war der Anlass, zumindest aus ihrer Sicht, ein eher freudiger. Sie sei vom Klo zurückgekommen, erzählte sie aufgeregt, und habe einen Blick in den Käfig geworfen, und da seien plötzlich nicht zwei, sondern fünf Meerschweinchen drin gewesen, die drei neuen allerdings viel kleiner als Otto und Ottilie, wie sie das zweite Meerschweinchen getauft und dabei die geschlechtsspezifische Namengebung intuitiv richtig gewählt hatte.

„Wisst ihr, was ich glaube?", schloss sie ihren Bericht, „Otto und Ottilie haben Kinder gekriegt, ist das nicht wunderbar?"

Ihre Eltern gingen, sich das Wunder anzusehen. Dass selbst ihnen Ottilies Schwangerschaft entgangen war, ist bei Meerschweinchen nicht ungewöhnlich. Deshalb war auch ihre Überraschung perfekt. Ihre Freude allerdings hielt sich in Grenzen, da sie natürlich weiter blickten als ihre Tochter. Bei den drei Jungen würde es vorhersehbar nicht bleiben. Vielleicht hatten sie diesmal sogar noch Glück gehabt, der Wurf hätte auch zahlreicher ausfallen können. Wo sollten sie mit all den Meerschweinchen hin?

Sie kamen mit Emma überein, nur eins der Jungen zu behalten und die beiden anderen wegzugeben. Das fiel ihr einerseits natürlich schwer, andererseits war sie schon ein wenig stolz, zwei Freundinnen oder Klassenkameradinnen solch ein Geschenk machen zu können. Und sie kannte mehr als zwei, die sich dringend ein Meerschweinchen wünschten. Auch sie gingen mit der Zeit nicht leer aus, und irgendwann war ihre Klasse komplett mit Meerschweinchen versorgt, und Emma musste sich in der Parallelklasse nach potentiellen Empfängern umsehen. Denn ihre Meerschweinchen vermehrten sich nicht linear, sondern exponentiell, da Otto auch vor seinen Töchtern nicht Halt machte, die Söhne nicht vor ihrer Mutter und die Brüder nicht vor ihren Schwestern. Hätten Emmas Eltern mit einem so hemmungslosen Sexualverhalten gerechnet, hätten sie wohl eher eingegriffen. Immerhin gab es in Folge der permanenten Inzucht einen natürlichen Schwund. Viele Tiere waren von äußerst schwacher und debiler Konstitution. Das ist bei Meerschweinchen nicht anders als beim Hochadel. Häufig lagen die jungen Tiere schon wenige Tage nach der Geburt tot im Käfig. Trotz dieser spürbaren Dezimierung wäre die Geburtenrate noch so hoch geblieben, dass Emma bald nach Abnehmern an anderen Grundschulen hätte Ausschau halten müssen, wenn ihre Eltern nicht einen scharfen Schnitt vollzogen hätten, richtiger: hätten vollziehen lassen, nämlich von einem Tierarzt: Sie ließen Otto kastrieren. Das Triebleben im Käfig erlosch, und Otto und Ottilie lebten friedlich nebeneinander wie ein altes Ehepaar.

Eines Morgens lag auch Ottilie tot in ihrem Käfig. Sie wurde feierlich in einer Ecke unseres Gartens

beigesetzt, in der inzwischen so viele Meerschweinchen bestattet worden waren, dass die
Ecke sich zu einem veritablen Meerschweinchen-
friedhof ausgeweitet hatte und meine Frau schon
um ihre Blumenbeete bangte.

Schließlich segnete auch Otto, der Begründer
einer wahren Meerschweinchendynastie, das
Zeitliche und wurde mit großem Pomp in einem
Sarg aus Balsaholz zu Grabe getragen, während
alle anderen, selbst Ottilie, mit einem Pappsarg
hatten vorlieb nehmen müssen. Und das Kreuz auf
seinem Grab überragte die aller anderen Gräber.
Danach wurde der Friedhof geschlossen, denn
einen Nachfolger für Otto gab es nicht.

www.tredition.de

Über tredition

Der tredition Verlag wurde 2006 in Hamburg gegründet. Seitdem hat tredition Hunderte von Büchern veröffentlicht. Autoren können in wenigen leichten Schritten print-Books, e-Books und audio-Books publizieren. Der Verlag hat das Ziel, die beste und fairste Veröffentlichungsmöglichkeit für Autoren zu bieten.

tredition wurde mit der Erkenntnis gegründet, dass nur etwa jedes 200. bei Verlagen eingereichte Manuskript veröffentlicht wird. Dabei hat jedes Buch seinen Markt, also seine Leser. tredition sorgt dafür, dass für jedes Buch die Leserschaft auch erreicht wird

Autoren können das einzigartige Literatur-Netzwerk von tredition nutzen. Hier bieten zahlreiche Literatur-Partner (das sind Lektoren, Übersetzer, Hörbuchsprecher und Illustratoren) ihre Dienstleistung an, um Manuskripte zu verbessern oder die Vielfalt zu erhöhen. Autoren vereinbaren unabhängig von tredition mit Literatur-Partnern die Konditionen ihrer Zusammenarbeit und können gemeinsam am Erfolg des Buches partizipieren.

Das gesamte Verlagsprogramm von tredition ist bei allen stationären Buchhandlungen und Online-Buchhändlern wie z. B. Amazon erhältlich. e-Books stehen bei den führenden Online-Portalen (z. B. iBookstore von Apple) zum Verkauf.

Seit 2009 bietet tredition sein Verlagskonzept auch als sogenanntes "White-Label" an. Das bedeutet, dass andere Personen oder Institutionen risikofrei und unkompliziert selbst zum Herausgeber von Büchern und Buchreihen unter eigener Marke werden können.

Mittlerweile zählen zahlreiche renommierte Unternehmen, Zeitschriften-, Zeitungs- und Buchverlage, Universitäten, Forschungseinrichtungen, Unternehmensberatungen zu den Kunden von tredition. Unter www.tredition-corporate.de bietet tredition vielfältige weitere Verlagsleistungen speziell für Geschäftskunden an.

tredition wurde mit mehreren Innovationspreisen ausgezeichnet, u. a. Webfuture Award und Innovationspreis der Buch-Digitale.

tredition ist Mitglied im Börsenverein des Deutschen Buchhandels.